诗雨鸣风

——张晓明诗词集

张晓明　著

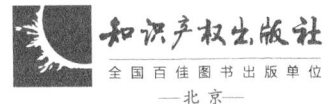

知识产权出版社

全国百佳图书出版单位

—北京—

图书在版编目（CIP）数据

诗雨鸣风：张晓明诗词集 / 张晓明著 . -- 北京：
知识产权出版社，2020.1

ISBN 978-7-5130-6234-3

Ⅰ . ①诗… Ⅱ . ①张… Ⅲ . ①诗词—作品集—中国—
当代 Ⅳ . ① I227

中国版本图书馆 CIP 数据核字（2019）第 082139 号

责任编辑：徐家春　李　婧　　　　　　责任印制：孙婷婷

诗雨鸣风——张晓明诗词集

SHIYUMINGFENG——ZHANGXIAOMING SHICI JI

张晓明　著

出版发行：**知识产权出版社** 有限责任公司		网　　址：http://www.ipph.cn	
		http://www.laichushu.com	
电　　话：010-82004826			
社　　址：北京市海淀区气象路50号院		邮　　编：100081	
责编电话：010-82000860转8573		责编邮箱：xujiachun@cnipr.com	
发行电话：010-82000860转8101		发行传真：010-82000893	
印　　刷：北京九州迅驰传媒文化有限公司		经　　销：各大网上书店、新华书店	
开　　本：787mm×1092mm　1/16		印　　张：20	
版　　次：2020年1月第1版		印　　次：2020年1月第1次印刷	
字　　数：252千字		定　　价：52.00元	

ISBN 978-7-5130-6234-3

前言
——古雅的延续与清新绽放

　　我捧着诗集稿《诗雨鸣风》，脑海中思绪万千。我希望这些诗歌的温度、情怀和力量，能够感染更多热爱诗歌的人，能够贴近他们赤诚、跃动的心。如果把诗歌比作森林和原野，我希望我的诗歌成为其中一棵正逐渐丰满成荫的绿树、一片生生不息的青草。如果把诗歌比作海洋，愿我的诗歌成为汇入其中的一股清澈小溪。我的诗想表达坦荡的家国情怀，表达对生活的热爱，表达对中华文化瑰宝——古典诗词的学习和继承，表达对自由新诗的探索和创新。当然，我也以虔诚的敬意希望人们对我的诗歌给予暖怀激勉、评点指正。

　　评价一个人的作品，人们常常会说这么一句话——"文如其人"。我会说，是的，我的诗歌也同样——"诗如其人"，纯净、质朴、坦荡，表达的全是发自肺腑的心声。

　　多年来，在学习弘扬祖国前贤灿烂、丰厚的文化遗产，学习、继承和创作古典风格诗词方面，我一直坚持不懈，同时也勇于探索和学习实践多种体裁形式，从表现主题和抒发情感的需要去选择不同的体裁形式。也曾大胆地将古体诗的长短句与现代自由诗结合运用，更好地表达思想和激情。在学习、思索与探研中，深深感受到古代诗词音韵永生的艺术魅力，也感受到新体自由诗无比的激情动感，更感受到在诗歌长河中畅游所得到的幸福快感。

学习和实践运用诗歌的艺术技巧是一门长久的功课，为追求诗歌的意境美，我一直做着不懈的努力，力求在时空、景物、思想蕴藉的立体构思中运筹和推敲，努力使营造的意境浑然一体，有新奇感，尤其在写景诗歌中追求较生动的展现。

我的爱国之心是炽热的，在各种体裁的诗词中都有洋溢爱国情怀的作品，用激情涌荡的文字，酣畅淋漓地表达了对祖国国力日益强大、国防装备日益增强的由衷喜悦。回想历史，展望未来，激情呼唤国人同心协力爱我中华、强我祖国。将饱满热情融入关乎社稷的国事民情的各类长短诗歌作品，热情赞颂中华文化艺术瑰宝，书写体育健儿们在国际赛场奋勇拼搏为国争光的生动情景，等等。

感恩，在写给父亲、母亲、老师的诗歌中，那些充满深情的字句，是油然而生的，那些涌动勃发的情感背后，是真挚的感恩之心。对已逝父母双亲的深沉怀念、梦魂牵绕，触动着自己心中最柔软的地方。对家乡、家亲、友人、同窗，深深切切的思念之情，让我的诗歌字里行间有着三晋乡土淡淡的清香。

热爱大自然，热爱祖国的大好河山，热爱世间的风花雪月、草木春秋、园林田野，用各类诗歌寄情美丽的大自然，用生动的笔触描述游历过的国内外的江河湖海、崇山峻岭，以崇敬和景仰的情怀，绘写所观瞻的历史遗迹和人文景观。

诗歌展现了大千世界的文化之美，我爱诗歌！诗歌激荡我的情感、温暖着甚至燃烧着我的理想、梦想，我不会停步，会快乐地、勇敢地奔跑向诗歌的未来。

张晓明

2019 年 3 月 15 日

目录

目录

5

目录

【古体诗】

【自由诗】

【散文诗】

格律诗

【五绝】

端阳二首

思屈子

溯远思屈子,离骚万古吟。

门悬香艾叶,雨雾蕴诗馨。

纪端阳

米粽聚情长,端阳处处香。

龙舟飞竞渡,鼓舞万旗扬。

中华抗震情

地裂凝坚志,山崩聚壮情。

神州齐奋勇,抗震巨龙腾。

赞花中君子

谁道丁香小？花君雅誉高。

纤纤娟秀气，共聚紫馨涛。

巨人柱仙人掌

大漠黄昏静，夕阳耀彩弘。

巨人同壮举，仙掌向遥空。

观舞剑者

丹田气蕴弘，动作好从容。

剑指云天外，神融宇宙中。

答友赠诗

友赠筝声雅，风来会雨池。

清茶人亦醉，只为梦中诗。

游雕塑园

摇滚星忽静，天伦喜乐形。

园中观艺塑，花海送香风。

午后阳光

午后斜阳暖，蓝天淡抹云。

街区清雅静，宅院各温馨。

雪中情

漫天飞玉瑞，一夜素妆城。

雪覆白绒厚，欢童洒笑声。

文华韵

书诗妙展吟夕韵，撰稿豪抒颂旭音。

字里行间皆焕彩，青山不老向新春。

千里相送情

题记：1988 年 12 月奉工总行调令，举家迁京，同科室伙伴儿诚热协助，相送至京。

曾经榆次同欢唱，送我迁居至北京。

晋冀山关千里路，三十年忆此生情。

榆次相见欢

相见逢春城貌换，三十余载蕴情深。

青丝银发容颜变，万漉千淘谊乃金。

2018 年 5 月榆次

秋之韶华

苑上红枫染赤冠，河边银杏焕金衫。

韶华岁景人留恋，灿灿秋光刻忆间。

航天博物馆

九天揽月非虚幻，赤县腾飞火凤凰。

星箭神舟穿宇宙，科研奋进铸国强。

深秋赏松柏

岁寒岁暖岁秋凉，松柏森森气势昂。

任尔红黄凋谢去，我迎冬雪待春光。

聚会随想

六载同窗甲子情，茫茫人海又相逢。

何为真切舒心意，幸有回眸念想中。

秋日咏莲

荷花渐少颜犹润，红粉柔白自在容。

阔叶高枝葱郁郁，青蓬伴蕊缀玲珑。

立夏

澈澈蓝空无际远，葱葱碧树满城浓。

芳菲未必随春去，立夏当值月季红。

持久战霾

除霾布略连环战，近岁秋冬屡屡蓝。

亿万人常抬望眼，盼能长治慰民安。

西雅图四首

奥林匹克国家公园

七月群山青黛美，千峰犹罩玉披肩。

湖平海阔山花灿，西域仙园刻忆间。

海滩即景

曾是他山合抱树，沉沦江海任浮游。

无边朽木洪荒岸，笑对沧海岁月悠。

海岸夕阳

夕阳照晚金沙岸，轰动潮来啸海天。

最是英豪冲浪险，穿波腾跃妙飞旋。

林中偕游

鹤发怀中童稚乐，林中悦看影光斜。

穿行小路扬欢笑，手捧清馨野草花。

2012 年 7 月西雅图

美东鳕鱼岬三首

纪念塔

一塔巍峨立镇中，岸滩沙细浪涤冲。

遥思五月花船至，赏景游人探旧踪。

海滩

金沙浩漫滩图阔，雪浪飞腾海曲宏。

天下奇观鳕鱼岬，葱茏夏日醉其中。

登高观海

古木新林正郁葱，街旁宅院树荫中。

登临高塔观沧海，环岬洋流气势宏。

2012 年 6 月鳕鱼岬

观海上日出

九重霄汉金光曳，万顷波涛赤日升。

海浪欢歌天水荡，云霞幻化凤龙腾。

2016 年 12 月坎昆，加勒比海岸

格律诗

腊梅二首

除夕议梅

君爱梅花清气爽，我拍丽影第一枝。

百花尚待春光暖，梅却欣吟唤岁诗。

新春赞梅

碧绿松竹歌挚友，凌寒梅放韵魂贞。

清香阵阵迎春早，一派鹅黄俏媚新。

赏花鸟图

欣闻苑鸟莺歌妙，悦享园花蕊韵香。

人意暖抒春景早，心田碧野散芬芳。

游泳

跃入池中心境畅，浮游跃泳意情扬。

穿梭宛若鱼儿戏，水面波纹写韵行。

赏友人雅篆

篆刻雅章十二字，元宵节趣拢呈全。

玉壶光转花灯闹，千里遥相祝瑞年。

清明雪二首

清明雪思梦

清明雪伴樱花舞，天地垂怜洒泪滴。

萦绕思亲飞梦境，依稀相语会仙慈。

雨雪清明祭

裹雪枝盘白玉凤，覆绒花簇彩云龙。

清明飞泪乾坤舞，天地人寰浩荡情！

大观园早春

湖冰缓润将消解，岸树轻摇欲绽发。

人意勃勃观苑氛，满园春气蕴新花。

艺花巧缀园林三首

正月花谜

太虚幻境惊奇现，仙子谜园异彩来。

似火如荼千树放，苑中花景费人猜。

红楼幻境

柔光淡霭云空远，彩榭朱阁苑氛幽。

缀艺桃花灼馆院，情融幻境梦红楼。

匠心描春

千树花枝情切切，满园春色意殷殷。

奇工造就观园秀，却是独呈祈瑞心。

注：正月本无桃花绽放，为装点春景，园中对满园桃树普遍精心妆缀了逼真的工艺桃花。

军演严阵待

风谲云诡东南海，海寇飞贼蠢蠢来。

莫忘百年国耻恨，强军实演待狼豺！

西山森林园三首

其一

牌楼雄阔抒人气，瀑布宏豪沁客心。

红叶林涛摇彩韵，西山岭上踏歌吟。

其二

莫道秋深风瑟瑟，红黄彩叶茂林间。

西山丽日云光幻，瀑泻泉喷水雾旋。

其三

岭峰树探蓝天幕，岩麓泉冲碧水潭。

秋叶灼灼橙紫赤，玲珑亭缀半山间。

银厦秋光

蓝天澈幕腾豪气，银厦明窗焕彩光。

金叶缤纷铺韵道，橙黄脉影梦诗行。

花后月季

千芳有艳开期瞬，韵韧常鲜月月红。

庭苑街衢光彩放，誉为花后不虚名。

秀丽巾帼

——贺花游首夺世锦赛团体冠军

秀丽巾帼波上艺，婀娜赛将水中奇。

勇夺世锦花游冠，一列英姿展艳旗。

十三届全运会二首

辉煌开幕

津门阔岸奇光曳，海港宏城幻景腾。

全运辉煌开幕启，神州龙凤聚豪情。

英豪竞技

杨柳青青年画美，光环艳艳场图宏。

海河滨岸城街丽，华夏英豪竞技腾。

读颂母美文

鼓浪屿风传雅韵，京华斋语诉衷情。

暖怀母女浓深爱，心境霞云悦绕萦。

天宫二号升空

玉兔笙歌方谢幕，酒泉箭舞又升空。

年年秋赏一轮月，今夜观天二号宫。

赤子耀金台

——贺残奥英豪勇夺金牌第一

残奥收官次第排，中华赤子耀金台。

百多赛项皆称冠，激励国人向未来！

北海黄昏

苑麓阁连云雾远，岗峦塔镇岛湖宁。

夕阳缓缓西斜坠，倒映桥林影幻形。

格律诗

15

中俄艺术家会演二首

其一

艺厦辉煌光艳动，中俄会演耀冰城。

大国邻睦民情暖，歌舞同台共悦融。

其二

高亢牧歌腾骏马，轻盈芭蕾舞天鹅。

同台热演国之艺，天下情泉向暖河。

金秋菊茂

好山好水若无花，怎谓金秋正茂华？

飒飒西风清俊丽，世人尤赞品尊佳。

入戏

台上江山千载事，剧中人物万般情。

行腔字韵声声近，看客痴迷泣笑生。

昙花奇绽

一夜五芳神绽放，珍植奇卉妙培家。

同窗品赏纷纷赞，月下昙花演丽华。

白鹅

白鹅欣悦扬柔翅，碧水清宁泛润波。

忽响鸣声穿雾上，豪禽放唱向天歌。

赏国画江南之秋

门前蓝绿溪流缓，屋后红黄叶色柔。

斜日晖光云淡淡，一帆远影载乡愁。

湖天一色

莫叹秋凉藕叶残，岁时各有景悠然。

碧丝金盏橙菊丽，天水遥遥共澈蓝。

中秋静好

一城碧树扶花丽，万里蓝空证气清。

岁至中秋人静好，融和心境月光明。

温室厅景

池中金赤欢鱼丽，岸上红白火鹤芳。

碧紫朱蕉奇彩焕，棕榈枝叶羽轻扬。

秋初园韵

塘苇青青摇静谧，池莲艳艳展婀娜。

白鹅开羽欢欣舞，苑麓花翻彩浪波。

孟秋园景

山遥云淡蓝天朗，树近湖宁碧水清。

未感孟秋凉意至，满园花木郁葱葱。

角楼晚霞

城周河道萦橙幻，宫角楼阁罩赤云。

紫禁霞乡飞彩焰，夕阳迷醉万人心。

妖娆花韵

菡苕颜鲜摇韵彩，紫薇花簇散香馨。

夏秋碧绿葱茏际，妙衬群芳丽色新。

水映红莲

水映红莲柔影动，风拂碧柳细丝摇。

环湖游客琴歌舞，缀入园林共乐陶。

云卷云舒

湖中莲醒娉婷立，天上云舒幻化行。

夏末风来炎暑缓，迎秋碧树正葱茏。

奇彩卡特兰

千颜变彩随心欲，似燕如蝶妙舞旋。

馥郁芳名传四海，新春花季领兰翩。

端午园中

莲姿湖色光浮动，阁影林荫叶曼摇。

端午葱茏吟夏韵，怀思屈子立渠桥。

赏云风雨花图

滚滚墨云风雨骤，巍峨山岭化玲珑。

蓦然却见花枝傲，径自逍遥径自红。

莲池妙景

风雨欲来云暗厚，静幽馨氛引人留。

紫莲碧叶金丝蕊，红翅蜻蜓立上头。

赞友冰岛壮游二首

出海观鲸

冰岛壮游足见勇，翻飞激浪共搏旋。

观鲸自有雄襟魄，出海战赢刺骨寒！

舒心暖泉

风雨彩虹常做伴，严寒苦旅铸非凡。

战风博浪欢歌凯，深品舒心醉暖泉。

夏日无题

目含景韵人随悦，心有风凉暑自消。

莫待凋零观褐叶，夏花此际正妖娆。

夏日河边

玲珑纤蕊花含笑，闪闪眨眨万目明。

碧柳婆娑河岸舞，垂丝三丈瀑青青。

博馆满厅芳

屏清亭雅穿光幻，竹翠门圆透影幽。

古匾文华阁筑艺，一堂芳卉醉厅楼。

品园风韵

窗格雕画抒温韵，廊道悬灯蕴暖情。

空异嶙峋石静立，青枝翠叶雅竹风。

登台俯瞰园林

光拂阁瓦腾排浪，风抚亭脊舞翘蛇。

碧水涟漪红影动，金鱼浮浅戏清波。

忆太白山

峰巅葱翠云遮貌，山岭雄奇雾隐容。

四时皆有灵秀气，清泉汩汩唱诗行。

崖畔飞来峰

山外青山云鹤远，夏时岭翠碧纱衫。

飞来峰化精灵子，伴立崖垣共笑颜。

赞白衣天使

英雄热血暖心肠，不惧身危赴震乡。

救死扶伤川蜀地，白衣今日换戎装。

红旗星艳暖洪涛

碧浪珠明腾浩脉，红旗星艳暖洪涛。

海巡钓岛常规化，赤子炎黄喜自豪。

喜相聚

春夏相交鸣鹊喜，酒茶热语叙福缘。

少时偕种同窗树，三晋深根共茂延。

白雪童话境

调镜忙拍雪后情，车蒙树挂覆轻绒。

天公巧造奇仙境，瑞雪妆白素玉城。

早樱浅彩霞

淡粉莹白薄翼瓣，纤纤玉蕊罩金纱。

娉婷气雅人皆爱，醉染樱林浅彩霞。

春之语

君问归期我已知，东风送我至京师。

满城淡染春红意，万树芳花寄我诗。

无题随想

寒山独见梅花绽，阔海宽涛显韧帆。

人若不嫌程路苦，天酬勤奋品醇甘。

春意闹

桃樱花树丹霞彩，梨杏香枝玉雾白。

三月群芳情韵动，千娇百媚闹春来。

春到纽约

京师谷雨红方瘦，彼岸繁花始盛芳。

梦醒垂樱丝雾曳，春风已渡太平洋。

月季夏美

春时花放虽奇艳，唯少青葱衬媚容。

月季今朝围绿海，倾城碧色共扶烘。

致塞北友人

江南水暖鸣鸭早，塞北风寒晚见花。

慧颖羌笛吹妙曲，神传意韵至京华。

沿街白玉兰

沿街树炫花如雪，素面含柔蕾韵丰。

岁岁年年舒艳早，芳馨瑞气溢京城。

春日白花美

木兰喜振白鸽羽，似雪梨花荡瑞云。

缀玉丁香花簇簇，海棠雅奏象牙琴。

郊原梨花海

同是梨花景不同，城中树少苑中融。

郊原壮阔梨花海，万树翻飞玉凤龙。

春日无题

拈花成韵含风雅，剪叶为诗散墨香。

四月人间天下美，家山海岸共春光。

牡丹花开

天香醉倒千拍客，国色迷痴万粉丝。

碧羽霓裳仙子舞，果然花放动京师。

古寺观奇三首

其一

京师聚宝慈仁寺，天下藏家共晓知。

观览繁华生感慨，民间古董蕴珍奇。

注：北京报国寺，原名慈仁寺。

其二

琳琅珠玉陈厅馆，奇异藏玩列殿堂。

栩栩如生佛面笑，战国古鼎蕴神光。

其三

佛光宝气厅堂亮，人意文华馆院新。

阅古观今开眼界，端详龙马长精神。

黄山印象

万顷黄山如阔海，云烟鼓浪岭为舟。

嶙峋石怪奇松舞，飞瀑流泉雾境幽。

古北水镇三首

古北水镇

云拂塔顶山庄峻，桥映泉中水镇幽。

闲坐品尝司马酒，古风新境韵情悠。

望长城

柳垂旧韵雕砖巷，藤蔓古风缀锦楼。

远眺长城台堡屹，情泉汇涌上心头。

古韵新花

司马台前抒古韵，鸳鸯湖畔绽新花。

前朝村落街楼里，醉赏京郊水镇佳。

悬空寺四首

壮观宝寺

上载悬崖欲探天，下临空谷半山悬。

殿寒宇肃廊桥曲，岩刻诗仙写壮观。

凌云气势

梁木半插寻借力，寺岩一体妙悬空。

凌云气势惊天下，慨叹前贤气度宏。

天地护寺

悬空殿宇驻崖岩，三教融融若聚仙。

天地人和延宝寺，千秋共赏壮奇观。

丹崖伟立

恒山峭壁丹崖处，寺庙廊阁绕雾云。

千载悠悠空境域，寰球盛赞险奇珍。

鸟巢之飞

——贺世锦赛男子百米接力夺银

八万人欢全场沸，鸟巢今夜绽奇葩。

四乘一百超洲纪，赤子夺银共耀华！

友人画廊雨日

题记：老友六月雨天拍己画廊景图，观之有感即兴。

雨润门竹枝愈翠，灯扶廊画韵尤浓。

海天紫气腾龙幻，莽莽林深蕴氛弘。

芙蕖映日

澄澈平湖明水镜，湛蓝阔宇朗云翩。

芙蕖映日舒姿彩，碧叶花鲜六月天。

奥森园秋

圃花犹自矜芳灿，林叶悄然染赤颜。

南北两园风景好，一湖秋水映长天。

九月荷塘

九月荷塘花谢去，莲蓬藕叶影相趋。

垂枝龙爪槐拂水，与我同心赏妙鱼。

观骏马图

天生才骏追风腿，自幼豪身耀眼鬃。

腾跃蹄疾飞阔野，山河掠过万千重。

中秋即兴

一年最是中秋好，桂树飘香月季红。

玉宇银轮明四海，千家万户乐融融。

广场四海客

风送云飞十万里，无边天域澈澄澄。

故宫喜聚八方客，广场欣融四海情。

又夺金杯

——贺女排 2015 世界杯夺冠二首

其一

东海豪风传喜讯，中天朗月放光明。

铿锵战队夺金冠，又让国人自信增。

其二

鏖战十番捷报九，收官锐勇胜东瀛。

妙排赛阵群星舞，王者归来捧冠荣。

广场夜景

莫非星月齐来聚？装点晶莹夜彩城。

华表巍巍光闪耀，天安门率众仙宫。

京师不夜街

霓虹闪烁光飞夜，楼厦轮屏彩焕城。

迷幻街园新景亮，车如川涌满河灯。

陶然亭秋意

柳舞婆娑葱郁郁，芳摇烂漫丽融融。

湖光山色秋园景，风雅名亭掩映中。

秋苑夕阳

长桥半映斜晖漫，落日将沉赤火喷，

苑上风光诗画意，平湖秋色彩霞云。

蟒山行二首

——游蟒山国家森林公园

蟒山雄阔

秋风妙染层林醉，碧绿橙黄缀火红。

龙脉蟒山雄阔气，大佛坦荡笑从容。

火红叶腾

风华燃赤黄栌灿，艳丽飞红火炬腾。

最是一年观叶际，金秋醉赏蟒山中。

密云观瀑

珠悬玉泻势如虹，溯瀑寻潭现幻龙。

扑面爽风清肺腑，一掬澈水洗尘容。

菊舞雅韵

玉丝洁瓣飘飞逸，金蕊芳芯淡定容。

夜露莹莹凝气雅，晨风飒飒舞玲珑。

金秋园彩

翘首赏观攀壁叶，低头品味缀篱花。

柳阴馆院朦胧意，满苑秋光若彩霞。

飞旋共健美

——赏同学参赛健身集体舞

雍容十二美裙钗，妙舞夕阳艳彩来。

欣喜同窗抒雅韵，飞旋展艺耀金台。

奥森园秋韵二首

秋色灿然

银杏金黄妆苑麓，红枫赤紫染林山。

斜阳辉映光穿叶，秋色浓深正灿然。

湖光秋景

湖平水镜林山映，满苑秋情叶色新。

尚有红白花缀彩，清风慢过正宜人。

雪润大观园

雪润亭颜新景焕，风驱园雾古香回。

穿廊过榭临湖岸，午后斜阳映暖晖。

雪境遐思

雕玉牌楼纪省亲，缀红厅苑叙家馨。

烟消宝黛元春梦，石刻珠玑叹雪芹。

尼亚加拉瀑布

银河飞洒洪涛注，尼亚加拉落势殊。

白日天波腾玉泻，雷霆夜舞彩光浮。

注：尼亚加拉瀑布景区夜间用彩色灯光照亮瀑布。

2009 年 5 月

金门大桥雾景

雾锁金门桥半隐，云遮碧树海连天。

心中常有晴红日，四季春光在世间。

2009 年 5 月旧金山

书院婚纱照

题记：悦忆亲自在康奈尔大学美丽校园为儿与媳两位博士拍摄了婚纱照。

清宁书院迎佳喜，经典庭廊记雅婚。

碧绿宽坪纱曼舞，明眸相视爱恒深。

2009 年 5 月

加州湾望海

悬崖挂瀑飞流泻，直下宽滩赴浪乡。

近绿远蓝波浩渺，高天阔海燕鸥翔。

2009 年 4 月

宅院小景

前坪翠圃花犹丽，后院红枫树正荣。

小径添香因坠叶，丛中灼彩韵深浓。

木壮花妍

——赏同窗家中巴西木开花

木壮厅中添气韵，叶宽房里润风华。

踏山过海归家际，欣喜迎人舞妙花。

咏雪三首

红叶迎瑞

缥缈雪飞忽骤至，深秋妆美玉京城。

白绒拥抚观红叶，喜看双娇兆瑞丰。

雪后初晴

雾散霾消光灿灿，云蒸霞蔚气轩轩。

林中莽莽白绒动，曳曳乔枝玉鸟翩。

雪罩亭台

欣喜小园观雪景，亭台美罩玉披肩。

蓝天拨雾撩云看，共与阳兄露笑颜。

民间艺趣美

彩绣衣袍缀巧心，泥捏人物展情神。

木雕典故恢宏事，昂首石鸡报晓晨。

唐花坞三首

唐花坞春早

火鹤翩翩呈富贵，杜鹃艳艳漫香馨。

唐花坞里春先至，百态千姿醉舞吟。

玉堂聚美

淡抹清新白茉莉，浓妆艳丽凤梨花。

奇芳异草珍兰蕙，仙子纷来聚美家。

花开富贵

富贵竹摇枝叶翠，蝴蝶兰舞蕊花鲜。

金橘硕果呈圆满，国艳海棠兆瑞延。

早春梅放

虽道冰酥湖渐暖，寂园草木未苏萌。

东风一夜梅先放，俏舞枝头似丽莺。

雅兰品赏

雪素新妆飞鹤鹭，兜兰迎客捧钵盅。

桑原晃叶生灵异，蝶落枝头聚韵浓。

注：雪素、兜兰、桑原晃、蝴蝶兰均为兰花珍贵品种。

光幻蝶兰

光幻穿窗拂卉曳，春风入室抚花翩。

莫非梁祝双仙子，遣使蝴蝶化媚兰？

冰城冰雕美

玲珑剔透冰灯厦，妙刻精雕玉顶宫。

火热游人谁惧冷，追风踏雪醉隆冬。

梅花赞

冰崖雪树花增彩，冷雾寒枝蕾绽春。

香逸乾坤清气韵，奇霞雅月蕴芳魂。

春日赏梅

人尽赞梅冬傲雪，妆春百媚少提及。

梅林飘逸馨香远，千树花枝舞彩奇。

院内樱红

院内红芳三五树，赏樱不必赴东瀛。

东风共与婆娑舞，悦喜环飞燕雀鸣。

桃花春景二首

山水桃花景

远山暗绿朦胧际，近水浮光荡漾中。

隔岸吹来香阵阵，桃花浅粉与绯红。

桃花春

万紫千红争艳际，桃花如火景情浓。

园中怒放芬芳舞，湖岸伸枝映醉容。

跳枝桃花美

同株同叶花颜异，桃树旋奇跳色翩。

似雪芳容唇点绛，争春妙舞美娇妍。

海棠春花季

海棠欣喜妆浓氛，月季殷勤助艳芳。

湖畔风歌花曼舞，陶然亭苑好春光。

粉手帕海棠

灼灼闪闪清纯丽，片片芳馨手帕摇。

五瓣花擎金细蕊，海棠公主粉红娇。

红钻海棠

丹苞瑞颖玲珑气，花放霞飞赤鸟翩。

国艳海棠珍异品，赏观红钻晓浓鲜。

晚樱情景

关山盛放浓红艳，霞阵如潮涌芳来。

树碧天蓝湖似镜，人花倒影水中排。

注：关山为晚樱花品种。

芳心爱意萌

樱花公主清纯貌，四月情浓爱意萌。

丘比特飞一叶箭，芳心倾注恋春风。

中秋寄意

天上月圆光映至，人间情暖忆思飞。

一年最是中秋好，品过菊荷赏紫薇。

广宁园

古寺门前花骤放，沿街一脉妙风光。

亭阁碑记书香气，两广通衢缀雅芳。

格律诗

秋游青龙峡二首

湖光山色

青龙摆尾驱霾雾，日照峡晴景焕新。

潋滟水光波曼舞，斑斓山色叶轻吟。

游湖观峡

龙啸峰峦崇岭远，雁栖山水大湖宽。

赏峡红叶游人醉，船上迎风洒笑欢。

夕阳霞景

千层云彩妆天地，万道霞光映岸滨。

一脉夕阳无限景，百般意境入人心。

赏红叶兼和友人

春时萌动芽疏嫩，夏日勃发叶茂强。

最是深秋奇彩艳，迎霜妙变赤橙黄。

风摇红叶

风摇红叶窗花动，光沐白云影朵游。

月季柔颜轻粉淡，初冬园境蕴春秋。

彩绘雕塑迎新岁
——纽约街头的华夏风采

润润圆龙涵富贵，亭亭高鹿寓吉祥。

三羊开泰前程阔，五彩神牛意气昂。

2017 年 1 月纽约

器有灵神
——纽约博物馆观中国瓷器

器有灵神瓷有韵，融文入意蕴情深。

黄肤黑发端详际，顿感如亲聚氛馨。

2017 年 1 月纽约

万圣节趣

他乡独特延节趣，扮鬼游玩万圣奇。

童稚讨糖结队去，家家款待笑眯眯。

格律诗

赞越冬杜鹃

从间雪覆冰锥挂，难掩凌寒翠绿鲜。

最是杜鹃冬俏傲，枝坚叶碧蕾悠然。

夜雪晨晴

一夜飞白迷幻境，晨风起际日光明。

蓝天玉雪欣相衬，草木妆新宇气清。

家人游维京岛

维京岛岸椰林碧，加海阳光暖浩风。

稚巧婴童神采奕，轻盈洒笑踏沙行。

蝶兰翩春

——赏植物园新春花展

百媚蝶翩花幻塔，万生苑变彩迷宫。

光穿热带葱茏境，阔叶拂兰艳丽容。

金鸡唱晓
——观首博鸡年特展

锦帽司晨鸣海日，彩衣唱晓荡乾坤。

五德神鸟灵禽誉，博馆新年纪酉春。

注：古代神话说鸡为太阳神鸟转世，古人赞鸡有文、武、勇、仁、信五德。

元夜

明灯朗月元宵闹，亮树莹花社火翩。

万里城乡谜趣乐，上元不夜涌诗泉。

微雨闲韵

微雨无声残叶润，晶莹珠露挂枝间。

云浮水气朦胧意，入腊风来未感寒。

听小号《天山之春》

天山雪化清泉淌，小号悠扬丽雀翔。

旋律轻捷春炫舞，聆听曲若叩心房。

春叩红楼醒

半花半蕾桃妆粉，一叶一枝柳焕青。

三五鹅鸭凫暖水，满园楼榭沐春风。

大观园丁酉春景

春风荡荡怡红院，碧柳摇摇缀锦楼。

高树玉兰花俏放，低枝桃影映泉流。

平谷雨中赏桃花

天有阴晴云有雨，桃花依旧俏红妆。

心田暖暖容光焕，游兴浓浓摄景忙。

梅兰竹菊共一堂

——校友群网络晚会精彩纷呈

校园群晚热，师率众同窗。

梅放情怀暖，兰开气韵香。

竹林呈茂盛，菊苑溢芬芳。

丁酉春光好，欢欣共一堂。

【七律】

人意勃发向新春

人意勃发春早至，凌寒梅俏气铮铮。

竞滑雪道飞骄子，科考冰原耀健英。

梦境祥光轻抚面，心田紫燕悦鸣情。

蓝天万里霾涤去，似鹤白云荡舞中。

游房山智慧农场

辽阔田园风浩浩，恢宏馆室气蒸蒸。

浓情智慧丰盈域，锐意科研锦绣城。

宏苑青红甜果挂，高厅碧紫美蔬呈。

盼思千万新农场，粮握国中好梦成。

女子短道新苗茁壮

冰军欣喜青春旺，短道精兵创锐奇。

不惧多国飞闪迅，敢超众将越旋疾。

激滑争胜攻防略，鏖战培新壮阵棋。

眺望京张冬奥会，登台捧冠众心期。

黔南行二首

浪马河畔

掌布风光旷世奇，崖悬岭峻水清漪。

欣观路畔玲珑洞，悦赏溪湾璀璨池。

远古沧桑石化字，寰球海国客寻谜。

山歌朗朗谁人唱，喜上眉梢乐布依。

水春河漂流

葱茏岭岸壮河川，仰看蓝天意适闲。

水浪突疾奔窄瀑，皮筏骤快下宽潭。

方经小屿观幽渚，又遇宏礁过险湾。

九拐十滩皆令骇，漂冲过后笑开颜。

2005 年 6 月贵州

大运河森林公园

运河浩荡三千里，铸刻丰功万古留。

造筑森园弘伟业，弘扬文史颂千秋。

长河水浪光华远，阔岸林涛碧韵悠。

飒飒金风观四野，相携踏步上宏楼。

中国戏曲大会

金鼓银锣掀大幕，戏腾曲涌浪潮排。

北梆高亢抒豪韵，南调圆柔耀俊才。

经典传承文采竞，名家荟萃艺花开。

七期总赛声宏远，国粹风华向未来。

庆香港回归二十周年

雪耻回归宏建树，一国两制创辉煌。

紫荆花放芬芳岛，彩焰光飞馥郁江。

南海明珠腾伟业，东方都市展华章。

狮子山下弦歌朗，万舸云帆正奋扬。

观苦苣苔花展

莫笑凡尘苦苣苔，环球秘境艳花开。

叶枝精彩棕红碧，苞瓣玲珑粉紫白。

闪闪萌晴灵异舞，灼灼丽气美仙排。

世间岂止名芳贵，默默人寰隐俊才。

注：苦苣苔科植物分布各大洲，生境多隐蔽，长在悬崖、天坑、溶洞、热带雨林树上等处，堪称"世外隐士"。

仙科植驻万生苑

恍若遥游墨境中，眼前玛雅木图腾。

威风掌柱伸刚翠，壮硕球团耀郁葱。

刺座迸出丰蕾锐，粗枝绽放艳花红。

仙人潇洒行天下，钟爱京师驻暖厅。

注：万生苑，北京植物园温室。仙人掌盛产于墨西哥，为该国国花。木图腾是玛雅文化象征之一。

恭王府赏文物

殿宇巍峨雄阔立，楼堂瑰宝玉珍呈。

木雕人马形神奕，瓷画狮龙气象腾。

陶俑排站情貌异，金佛盘坐意容宁。

欣观历代奇文物，赤子炎黄自信增。

格律诗

53

萃锦园

萃锦门奇欧式建，亭阁山水布园林。

塘中鱼跃观游戏，榭外泉飞赏涌喷。

邀月台听鸣燕曲，垂花门品颂竹琴。

飞来峰引登高处，耳畔福厅祈祝音。

注：恭王府花园又名萃锦园。

明清德化窑白瓷展

白雪纯真仙子降，名窑德化蕴奇魂。

玉洁佛貌形清雅，冰澈神眸韵素馨。

千载艺呈寻幻梦，万国人赏爱佳珍。

精瓷盛誉传天下，今日颐和敞展门。

月季千芳竞

妖娆芳后呈妍美，装点园中锦绣容。

甜梦彩云白圣诞，花魂绿野火和平。

娇颜馥郁蓝香水，媚瓣雍容粉扇风。

最是期长能久放，春秋俏丽夏丰盈。

注:月季被誉为花中皇后，品种繁多。甜梦、彩云、白圣诞、花魂、绿野、火和平、蓝香水、粉扇均为月季名品。

近春归

冬云漠漠朔风吹，却自心中燕早归。

塞北冰霜滋翠柏，江南雨雪润娇梅。

瞻前倍感强潮涌，眺远频闻劲鼓擂。

愿共江山迎旭日，行程喜沐艳阳辉。

颂雪迎春

欣欣锐意势轻寒，妙境空灵颂雪仙。

洒絮冰心凝雾水，飞花素手舞云天。

城灯路耀琼枝曳，社火街明玉树翩。

喜看初晴阳灿灿，蒸蒸瑞气兆丰年。

聆听春晓

推窗悦喜见晨阳，万籁弘音荡四方。

地气蒸蒸酥冻土，天风浩浩涌融江。

河边雀跃鸣新柳，苑里莺飞唱幼杨。

耳畔频闻声曼妙，人间共沐好春光。

园林合唱乐

荡荡澄湖传水韵，葱葱碧苑聚人潮。

指挥领唱皆痴醉，乐队偕鸣共乐陶。

鹤发情宏抒壮美，红颜喉妙展妖娆。

合欢树下凡民乐，浩朗歌声上九霄。

清明思父

一生博览闻知阔，豁朗思维四海宽。

秉性温良人敬善，情怀耿介自尊严。

传家重品行端路，教子躬行写正篇。

伫立窗前遥忆父，清明心境立青山。

"五一"劳动赞

大千世界勤劳史，精彩人生奋进篇。

竭智科研增贡献，躬身创业建家园。

弘文拓艺神州旺，树木培才赤县翩。

孔雀开屏迎五月，百灵婉转唱春天。

游晋中名商宅院

三晋名商实业盛，祁平榆太誉声扬。

昔时商户人集地，今岁游团客聚乡。

墙院精雕藏古韵，楼堂妙筑散幽香。

创宏秉道传佳话，百载传奇耀四方。

杜鹃花赞

春妆山野飞芳艳，夏扮庭园缀彩绸。

重瓣轻盈红晕闪，多头团簇粉妆悠。

子规啼血情长注，望帝恒心爱不休。

千古诗家抒绮丽，杜鹃气韵漫全球。

注：传说战国时蜀王杜宇，号望帝，禅位后化为杜鹃鸟，至春则啼，声声啼唤，滴血化作杜鹃花。

游颐和园另想

挪军巨费修皇苑，炮舰强优被寇夺。

石舫犹存兵旅殁，瓮山仍在界疆缩。

神州被踏欺凌尽，赤县遭割耻恨多。

今赏名园奇艺景，更须铭志共强国。

注：今之颐和园万寿山，元朝名为瓮山。

格律诗

万众凝情向新春

——参加春节团拜会有感

三十整载辉煌路，享誉全球立大行。

岁岁相逢传暖意，年年团拜聚情长。

回眸历史光荣册，展望前程奋进章。

骏马啸声鸣耳畔，春风荡漾进厅堂。

2014 年 1 月北京

贺儿获授博士学位

二十四载负笈行，欣看博坛辩后迎。

敬业心持思进志，从师怀抱感恩情。

在国增智培德树，越海研科竞技峰。

一捧精诚人向上，家中父母悦容盈。

加州名胜 " 十七英里 "

行旅加州观妙处，十七英里景佳呈。

平舒沙软宽银岸，陡峭岩坚茂碧松。

礁上海狮鸣悦畅，路旁松鼠戏从容。

蓝天白浪飞鸥燕，浩荡春风写意中。

注 ："17 英里" 是美国加州湾区的一个著名风景点。

2009 年 4 月

观敦煌艺术赴京展

远念莫高萦梦至，敦煌一夜到京师。

长空浩瑞飞天舞，旷世弘宁动地诗。

释祖金身晴蕴示，观音圣像面含慈。

中华妙手呵国宝，仿艺逼真景幻驰。

注：由中国美术馆和敦煌研究院联合主办的"盛世和光——敦煌艺术大展"2008年1月在中国美术馆展出。

赏南音
——观台湾汉唐乐府古典梨园剧《韩熙载夜宴图》

观演名图熙载宴，朦胧随境入南唐。

鼓奇艳踏声盈府，笛特清吹韵绕梁。

细步轻移姿曼妙，浅吟低唱乐悠扬。

格高调雅南音美，四海人崇艺萃昌。

注：南音是中国现存最古老的乐种之一，蕴集了中原雅乐精华，并与闽南民间音乐交融，形成清丽柔曼、旋律缠绵深沉的美妙乐种。

和平须舞锐钢枪

——写于南京大屠杀死难者国家公祭日

一城杀戮三十万，千载秦淮荡永殇。

兽寇屠刀污史册，弱邦人血暗天阳。

铭心记痛民悲愤，刻骨凝情国奋强。

神州万里鸣警报，和平须舞锐钢枪！

九一八缅怀抗战先烈

七十九载殇难忘，三省弘疆束手亡。

赤县悲尸横四野，九州冤魄荡八方。

民心不死魂如铁，军剑恒坚志若钢。

浴血战得驱兽寇，铭心刻骨铸国强。

咏"一叶"樱花

久慕芳名扬四海，借得春苑睹珍樱。

雪肌润沐白容雅，霞晕柔敷粉妆轻。

一叶蒸蒸奇蕊丽，百团簇簇异花荣。

世间美艳千般貌，此品萦人咏律成。

注：一叶樱花，奇异处在于花心生出一小片绿叶，是由雌蕊叶化生成，此花由此而得名"一叶"。

小园寄意

小园景物四时昌，草木葱茏秀蕊芳。

木槿蕾开接晓旭，紫薇花放伴夕阳。

葡萄曲蔓悬珠翠，银杏弯枝挂果黄。

缓送光阴留地久，曼迎日月共天长。

圣洁蓝

题记：赏家人游美国火山口湖日志图文，为其生动描绘与精美摄影所震撼，隔海相谈，惊叹火山喷浆形成的奇特岩形地貌。

地炼天雕近万年，奇绝倒影圣洁蓝。

喷浆铸壁悬青剑，融雪摩崖挂玉川。

娓语品观安稳帽，屏息秘赏静幽船。

火山湖境真惊世，隔海相谈共悟宽。

夏日游颐和园

夏日葱茏来胜地，登高眺望景全收。

佛香阁畔云中走，万寿山间画境游。

石舫亭亭宏富丽，长廊灿灿远深幽。

名桥玉带十七孔，夕照平湖碧水悠。

格律诗

梦回晋乡游

题记：夏夜雨后舒爽，眠中梦忆交织，满眼乡情乡境，飞身游掠……

石窟瞻仰佛光殿，悬寺虔游道圣阁。

飞掠五台呼广阔，翘观双塔赞巍峨。

祠中拜谒怀乡史，泉畔吟诗忆故辙。

近睹腾龙壶口瀑，驻足古渡望黄河。

游悬空寺

金龙峡谷漫仙音，翠岭峰崖缀异珍。

宝殿巍巍迎紫气，神佛栩栩绕祥云。

楼阁廊栈悬千载，佛道儒民护万春。

列志收书传四海，玄奇古建世人尊。

注：悬空寺位于山西省浑源县，于北魏太和十五年（公元491年）建成。悬挂在恒山金龙峡西侧翠屏峰悬崖峭壁间。

瞻应县木塔

木塔雄姿旷世稀，情牵应县赏瑰琪。

阁环匾挂精雕彩，柱嵌梁镶巧造奇。

访客尊佛轻叩履，飞禽护圣不衔泥。

皆祈妙瑞常存永，万代相传古韵诗。

注：应县木塔，在山西应县城佛宫寺内，辽清宁二年（公元 1056 年）建，为全国重点文物保护单位。

庐山三叠泉

庐山真面幻神通，岭脉天河妙汇行。

五老峰悬银舞练，三叠泉降玉飞龙。

级级增势峡腾瀑，阵阵强声水荡风。

客自归来萦梦境，鄱阳湖畔再寻踪。

1992 年夏庐山

格律诗

63

黄山

雾里黄山松奕奕，迎宾送客立崖头。

九龙瀑泻飞虹阔，百丈泉腾溅玉稠。

欲上天都攀险走，若瞻莲貌越巅游。

眺观景界如云海，俯瞰峰峦似岛洲。

注：迎客松、送客松、九龙瀑、百丈泉、天都峰、莲花峰等均为黄山著名景点。

鸟瞰观天地

——赏家人航拍美西部景照

凌空鸟瞰观天地，意趣浓浓巧摄拍。

莫诺湖宽波浩浩，落基山远雪皑皑。

湾区彩画舒思绪，城市新图触感怀。

品赏绿河蛇瑞舞，欢欣五月凤飞来。

贺二位博士喜结良缘

窗外飞来双喜鹊，合家闻报乐陶陶。

燕园校友才皆秀，学海舟邻志共高。

三万里圆馨爱梦，二十年罩美博袍。

恢宏殿堂约婚誓，锦绣人生蜜韵描。

2009 年 5 月旧金山

春之忆寄友人

题记：与同业二友人曾于 1997 年春同赴日，参加国际储蓄银行会议。

赴会东瀛共忆中，樱花二月蕾初红。

五洲业友交流热，四海同行议兴浓。

浅草闲游观寺貌，金阁漫步览园容。

一别数载京华聚，谊树犹如茂雪松。

注：浅草寺和金阁寺均为日本著名的古老寺院。

喜同窗京师相会

京师夏日郁葱葱，皓首同窗喜聚逢。

君画宏集崇岭屹，我诗小卷浅泉迎。

畅言晚岁吟夕韵，笑忆当年唱晓情。

明再耕词学友志，愿君彩墨愈精恒。

2013 年 7 月

忆八月杭城

八月杭州怎可忘，城中处处聚和祥。

一轮皎月湖光媚，万树娇花苑氛芳。

虎跑灵泉神水净，龙腾圣井御茶香。

人言四季江南美，每至中秋忆桂乡。

格律诗

九月观云

九月奇云神幻化，仰头可看百图宏。

瞬间壮阔山河静，刹那豪强虎豹冲。

万道花鳞龙悦舞，千条赤翼凤欢腾。

蓝天幅阔风为笔，秋爽怡情妙趣生。

秋日访同窗喜聚

九月京师清爽季，将军府邸会同窗。

数十年岁离别久，一晌光阴话语长。

共叹霜寒摧面老，相融霞暖焕容光。

校园往事留深忆，谊树培花愿更芳。

冬至蕴春

冬至虽寒头九启，阳生却见日光增。

园中松待欢莺舞，湖畔坪来喜鹊鸣。

竹叶葱茏蒸锐气，梅苞萌动蕴珍情。

莫嫌岁月如霜箭，且看新春渐近程。

赏银行书画摄影展

选粹集珍筹艺展，迎春开幕向新荣。

美拍业境人精彩，妙摄行中事盛隆。

绘彩山川书气壮，挥毫江海画风雄。

厅堂灿灿文华茂，耀眼银城舞凤龙。

赞同学榆次相会

题记:四位女同学到榆次看望病中的女同学，又恰逢她的丈夫生日，老同学一起同唱祝福歌。

七月风来杨柳舞，榆城迎喜鹊鸣吉。

郎君矍铄生辰日，妻子欢欣聚会时。

四凤飞携真挚意，一家热涌赤诚诗。

妙歌同唱传声远，地北天南校友知。

赞恩师

白山黑水家东北，执教娴媛锦凤翔。

三晋校园培子弟，九州桃李漫芬芳。

书香门第传风范，社稷人才树栋梁。

学校群中欢乐聚，桑榆景暖妙夕阳。

格律诗

67

纽约赏温室花卉二首

其一

入室方知春未去，千红万紫正欢翩。

百般名卉争奇异，一品红鲜竞彩颜。

卡特兰抒情浪漫，合欢花绣意团圆。

园迎圣诞妆新貌，欣喜寒冬谱妙篇。

其二

南天北地群芳汇，西雨东风锦绣连。

碧树悬垂丝玉瀑，黄花拥簇润金团。

白纹紫瓣霓裳舞，翠叶丹苞绚丽翩。

妙聚仙班呈异彩，令人陶醉幻云间。

庆春兰芳聚

温厅春耀群芳聚，香溢彩飞润酉年。

卡特领呈容靓丽，石斛悦展貌雍娴。

簇形钻喙悬明媚，奇翼柔蝶闪艳鲜。

跳舞兰携花蕙至，喜福装满妙兜篮。

注：卡特兰、石斛、蝴蝶兰、钻喙兰、大花蕙兰、跳舞兰、兜兰均为热带、亚热带名兰。

观"走进养心殿"特展

明清两代皇宫宝，博馆春巡耀彩行。

帝玺王书龙凤椅，金佛玉器鸟花钟。

乾隆御笔题匾殿，慈禧廷帘理政厅。

匠艺工精扬四海，文华风韵荡寰中。

早春梅放

二月犹寒风料峭，群芳迟稚蕾期遥。

墙边竹茂迎风动，湖岸花疏映日摇。

最是一园春景好，全凭几树腊梅娇。

金香馥郁姿婷雅，黄艳明莹气韵豪。

瞻家乡普照寺

幼时刻忆山峦峻，宝刹巍然立麓垣。

碧柳垂丝拂净院，苍松展茎护洁檐。

晨钟暮鼓声宏远，玉像金佛意庄严。

普照祥福延万代，光波暖暖至人间。

注：普照寺位于山西省孝义下堡凤山，碑刻记载该寺始建于金元，历史悠久。

雨中游金龙山

云蒸雾霭潇潇雨，树动朦胧飒飒风。

崇孝寺堂尊圣氛，金龙庙宇诵经声。

观音岭上播弘瑞，真武宫中护众生。

登顶攀瞻阶二九，山川锦绣境清宁。

注：金龙山景区，位于山西省孝义市下吐京村西。

景山牡丹盛开

谷雨春风轻抚润，景山一夜焕新园。

名珍苑里千芳竞，绮望楼前万花翩。

白玉姚黄三变媚，墨魁赵粉二乔鲜。

果然国色天香美，丰雅雍容丽牡丹。

词

中华新韵

【满江红】

满江红·朱日和沙场阅兵

沙场恢宏，

铮铮势、英雄阵站。

传号令、胆豪奋焕，

呼声震撼。

浩气冲天飞宇宙，

雄风拔地腾霄汉。

陆海空、火箭自成军，

驰风电。

九十载，经百战，

卫华夏，旗鲜艳。

锐目常警惕，

枕戈达旦。

科技强国研利器，

情操励志谋神战。

保和平、牢握斩狼刀，

屠魔剑。

满江红·京剧《横空出世》

剧院辉煌，

国粹戏、行腔激亢。

演英烈、强军奇创，

史诗绝唱。

戈壁胡杨荒漠茂，

漫滩红柳沙丘长。

勇攻坚、众志铁铮铮。

迎难上。

尖端域，科巨匠，

舍家业，情高尚。

万难岂可挡，

战歌嘹亮。

撼地惊天拥慑武，

横空出世增威望。

保和平、巨盾护宏疆，

神州旺！

注：《横空出世》是"两弹一星"题材现代京剧。描绘科学家和人民解放军将士扎根戈壁，投身国防建设的历史壮举和可歌可泣的伟大精神。

【浪淘沙】

浪淘沙·贺嫦娥一号升空

巨箭启西昌，

耀宇辉煌。

长城举凤壮飞航。

卫射升腾奔预轨，

探月环翔。

玉兔跃云廊，

快报佳章。

嫦娥对镜喜梳妆。

悦唱神州常盛旺，

舞贺家乡。

浪淘沙·春日风筝乐

妙手放莺鸢，

浩邈飞翩。

东风鼓舞上云端。

线是心弦传韵远，

乐送蓝天。

老少共欢颜，

筝技相研。

人生快意忘流年。

向晚披霞身影健，

笑语歌还。

【渔家傲】

渔家傲·扎龙湿地

湿地秋光天水阔，

云飞霞舞夕阳落。

苇荡湖塘风缓过。

凝神望，

顿消杂念心乡拓。

近看珍禽丹顶鹤，

红冠白羽神灵魄。

天籁鸣声传远廓。

千山海，

无如此际诗情获。

2005 年 8 月齐齐哈尔

渔家傲·军民鱼水少年情

天路高原云闪曳，

戎车飞过声轰烈。

敬礼藏童情切切，

鸣笛谢，

相融意志凝坚铁。

肆虐风灾急救解，

驻军援手腾城界。

十二岁男挥笔写，

民欢也，

澳门人喜平安谢。

渔家傲·同学聚游乳山

黄海波翻云舞鹤，

乳山景域银滩阔。

鹊喜鸥鸣迎晋客。

同窗座，

凝情此聚心头热。

多少年来遥梦索，

今朝众手相牵握。

一曲欢歌群共贺。

潇洒过，

桑榆暖韵夕阳乐。

【定风波】

定风波·抗震壮情

未惧山崩地裂声，

神州抗震荡豪情。

众志成城心不垮，

谋划，

汶川必定焕新生。

暴雨狂风人更醒，

坚挺。

人间有爱共支撑。

逝者如风遗愿在，

前去，

且收哀痛壮行程。

【苏幕遮】

苏幕遮·奇花奇绽

卧悬崖，

藏峭壁。

热带林居，

溶洞孤芳秘。

苦苣苔花神隐迹。

鲜少人知，

寂寞千秋逸。

大洋洲，

南美地。

四海精培，

天下知珍异。

俏媚姿颜相济济。

荟萃京师，

九月韶光溢。

苏幕遮 · 秋光好

岸湖清，

山岭渺。

九月风来，

轻抚林花草。

倒影真真双景巧。

浩瀚蓝天，

淡淡云缥缈。

醉蝶翩，

迷客绕。

芳海丛中，

情注相融好。

百日菊鲜腾漫茂。

莫待霜红，

妙赏秋光早。

苏幕遮·醉蝶花海

茎铮铮，

蕾硕硕。

远望绯云，

幻彩连阡陌。

细叶轻枝叠翠射。

若簇群蝶，

醉舞环蓬座。

燕飞欢，

莺歌乐。

荡荡湖平，

九月风吹过。

花海柔波翻起落。

剔透空灵，

媚影姿殊特。

注：醉蝶花，原产于热带美洲，现今全球热带至温带皆有栽培。

【点绛唇】

点绛唇·六月莲仙

六月莲仙，

娉婷气雅花凝露。

叶连天幕，

裙碧旋光雾。

丽影清奇，

昨夜甘霖沐。

千芳处，

曼摇轻舞，

笑向晨阳顾。

点绛唇·喜女儿获国际注会资格

鹊报欢鸣，

耕耘奋进赢卓著。

望高台处，

张榜佳杰录。

术有专攻，

敬业凝心目。

东风舞，

踏青春步，

笑向前程路。

卜算子·秋光云影

晨起耀光明，

澄澈蓝天水。

玉凤轻云掠碧园，

悦舞飘摇媚。

午后骤西风，

野马云涛碎。

战至黄昏境渐宁，

晖染红霞醉。

词

【桂枝香】

桂枝香·晚秋思

闲庭信步，

正落叶飘飘，

坠林间路。

看岁寒园景暗，

谢繁华幕。

念娇荷艳菊凝露，

忆中秋、桂枝花簇。

夜阑星月，

晨初云雾，

雁归何处？

望天际、金秋阔幕，

莫只叹凋零，

放豪情愫，

迎雪飞绒妙覆，

万山妆素。

腊梅俏傲迎霜舞，

玉晶莹、崖悬冰柱。

冷浮天地，

暖藏心府，

待春光顾。

【南歌子】

南歌子·游紫谷伊甸园

油菜花黄丽，

薰衣草紫香。

风来醉我正重阳，

极目八方，

秋景胜春光。

伊甸情缘远，

人间爱意长。

园林九月漫芬芳，

暖暖心田，

霞彩焕仙乡。

南歌子·少年时集体游湖

树茂迎泽绿，

旗开映日红。

游湖年少众芳华，

豁朗开怀，

船队放歌宏。

耳畔欢声远，

心乡笑貌融。

那时意气正风发，

留忆今朝，

诗境画朦胧。

南歌子·咏凤梨

往日一方媚，

今朝四海融。

盆栽圃育受人崇，

俏立英姿，

馨爽势峥嵘。

外叶呈油绿，

中枝现亮红。

凤梨叶彩伴花容，

一捧衷情，

如火向天冲。

南歌子·坎昆海滩

阔海澄蓝水，

宽滩细玉沙。

坎昆胜地五洲夸，

喜看潮来，

波涌溅飞花。

落日霞尤媚，

夕阳景更佳。

激情搏浪忘年华，

融乐家人，

沉醉此天涯。

注：坎昆是墨西哥著名旅游城市，当地海滩辽阔，细沙柔如毯、白如玉，是世界著名海滩之一。

词

【西江月】

西江月·赞伟大母爱

幼育孜孜关切，

远行惴惴难安。

青丝银发换容颜，

寸草心晖灿灿。

树木恒持夙愿，

培儿竭尽心泉。

一生大爱付真全，

天下何能比鉴？

西江月·芳卉暮春展艳

芳卉暮春展艳，

丽妆五月呈鲜。

以为一望尽收全，

行看方知深漫。

苑彩花红树绿，

波光湖碧天蓝。

世间珍异聚欢翩，

绘染风光无限。

西江月·八燕欢翩

题记：喜八位同学相约京师聚会，畅叙友情。

五月欢欣缘聚，

诚来八燕情翩。

回眸往岁少时篇，

脑海波翻浪卷。

莫叹幼驹梦逸，

当欣老骥腾欢。

花前漫步广宁园，

握手频频难散。

【破阵子】

破阵子·刻忆七七事变

破扰卢沟平静，

屠焚华北安宁。

侵寇铁蹄飞踏掠，

激起中华抗战情。

七七事变生。

十四年间血雨，

万千里路腥风。

多少英豪拼死战，

筑就铜墙正义赢。

强国志莫松。

破阵子·圆明园随想

四月葱茏园境，

春深耀艳花辉。

林茂湖幽风掠过，

殿宇亭台甚缈微，

万园早逸飞。

废弃塌垣倾壁，

荒凉断柱残碑。

腐朽清廷书耻辱，

外寇强侵匪盗贼。

痛思华夏威！

破阵子·"金园"丁香

恍忆芳随春去，

忽闻风送香来。

孟夏园林浓绿际，

又见丁香登舞台，

光华耀眼排。

树项京师独创，

成名植苑新牌。

丝细绒柔金缕幻，

笑向蓝天敞悦怀，

好花五月开。

注：金园丁香是北京植物园经过多年研究，选育成功的一个独特品种。

破阵子·郁金香花海

树上鸣娇莺曲，

圃间耀郁金香。

莫道株低须俯看，

异彩奇姿草麝香，

如诗锦绣行。

单朵玲珑独秀，

群芳艳丽弘扬。

阔地铺开宏画布，

花海波涛漫四方，

春神绘幻乡。

破阵子·乒乓国球耀艳

——54 届乒乓球世锦赛男女团双冠

两列娇娃炫彩，

八千人浪欢腾。

决胜乒乓争冠亚，

选手荣光矫健登。

中华舞凤龙。

满贯英豪神勇，

新优少壮威风。

快打强攻雷电闪，

正反旋拉鹰豹冲。

国球耀世雄！

破阵子·三千米道拼搏胜

——女子短道接力 2010 冬奥夺冠

世界体坛异彩，

神州冰上奇花。

短道速滑接力赛，

夺冠赢韩胜美加。

英豪举世夸。

二十年间梦想，

三千米道搏杀。

将帅铿锵兵奋志，

冬奥辉煌绽艳葩。

中华女子佳！

破阵子·桃梨花偕美

梨蕾飘摇云淡，

桃花炫荡霞浓。

红袖妙舒丹雾影，

白翼飞旋玉雪风。

清明画景呈。

树上莹莹艳艳，

园中灿灿蒸蒸。

四月春深相羡赞，

约誓年年岁岁情。

双娇醉舞中。

词

破阵子·繁茂春情

梅俏寒山绽放，

兰鲜暖室飞蓬。

梨社飘飘云雅素，

桃苑蒸蒸雾淡红。

翠竹独郁葱。

连翘金黄灿烂，

海棠粉艳玲珑。

街市芬芳花叶丽，

郊野馨香草木荣。

踏青春正浓。

破阵子·初夏园中

这簇白如雪舞，
那蓬赤似霞腾。
园内琼花一两树，
相伴杜鹃三五丛。
枫摇叶紫红。

远望宏城景阔，
近观小圃花明。
若自胸宽心境好，
天下常呈妙域情。
清凉孟夏风。

破阵子·神枪奥赛光芒

奥运频频耀艳，

神枪屡屡夺金。

气定睛明奇女魄，

神奕情宏骄子心。

建功卓著人！

勇射弹飞曲妙，

精击靶绘图新。

万里家国传喜讯，

一夜腾天荡悦音。

歌如山海吟！

【菩萨蛮】

菩萨蛮·秋山

淙淙汩汩清泉水，
波摇树影游人醉。
翘首看枫峦，
叶红融晓岚。

近峰鸣雀燕，
远谷欢溪涧。
旭日耀晨初，
秋山景象殊。

菩萨蛮·夏日大观园

宁阁雅苑清流水，

睡莲俏媚亭前醉。

小瀑挂丝帘，

似垂梦玉弦。

绿荫馨爽护，

红粉弥芳雾。

榭里望平湖，

静思观画图。

一剪梅·菊舞金秋

昨夜风萧过苑楼，

苇草初黄，

藕叶衰收。

岸垣忽见韵光游，

顿现新花，

飒爽悠悠。

玉扇红唇粉面柔，

紫带飘飘，

团簇金钩。

菊仙丽雅舞中秋，

阔圃恢宏，

锦绣芳畴。

一剪梅·早春瑞雪

昨夜彤云捧瑞行，

阔宇飞白，

玉洒寰中。

城村屋厦覆洁绒。

街院晶莹，

喜气升腾。

雪润田园慰众生，

柔罩樱红，

轻抚竹青。

山林鸟雀又欢鸣，

梅笑枝头，

人面春风。

一剪梅·赏园博馆奇韵

阔叶芭蕉碧影凉，

闻过书香，

径入山房。

匾悬深柳字堂皇。

雕瑞琳琅，

玉嵌金镶。

攀踏高台品院廊，

石卧青莲，

鱼跃池塘。

兰鲜竹茂缀亭墙，

南北奇园，

交映辉煌。

注：国家园林博物馆仿展部分著名园林建筑。青莲朵是乾隆皇帝题名的太湖奇石，原放于中山公园，现于此馆借展。

一剪梅·哈尔滨冰雕节

岁末迎风向北漂，

凛冽封江，

却聚人潮。

来观天下美晶雕。

独俏冰城，

冷艳妖娆。

幻彩奇灯曳动摇，

绒玉寒宫，

明澈凉桥。

中楼俄堡比肩高。

滑道飞旋，

喜乐陶陶。

1998 年冬哈尔滨

【南乡子】

南乡子·赏竹迎春

何处觅春情?

路畔槐枝叶未生。

迈进园中心顿喜,

竹青。

郁郁葱葱掩古亭。

享誉岁寒英,

密密丛丛四季生。

碧叶尖尖神奕奕,

融融。

万杆青竹舞翠风。

词

113

南乡子·秋游白龙潭

碧岭降飞泉，

抬望双龙戏水欢。

湖面波光星玉闪，

明潭。

坝壁前贤字迹翩。

禅院傍秋山，

红叶迎人路畔妍。

欲览京东雄阔景，

登攀。

峰顶云亭眼界宽。

注：白龙潭景区地处北京密云。

【如梦令】

如梦令 · 梦忆儿时游处

梦忆儿时游处,

双塔巍峨环雾。

风起现晨阳,

耀眼黄花拥路。

环顾,

环顾,

碰洒春枝珠露。

注:太原永祚寺双塔,始建于明代万历中叶。

如梦令·小年佳妙游艺会

腊月妙迎新岁，

焕彩欢园团队。

莫道发如银，

游艺猜谜陶醉。

陶醉，

陶醉，

暖暖夕阳霞媚。

如梦令·岸畔樱柳

碧柳翠丝垂岸，

樱树芳花相伴。

湖面泛涟漪，

媚影婆娑摇曼。

摇曼，

摇曼，

情满人间春苑。

如梦令·举家春游

悦晓晚樱开处，

奇彩异香花雾。

春盛举家游，

老幼青春同赴。

同赴，

同赴，

暖意心中留驻。

如梦令·赞同学六姐妹

六朵妖娆花现，

灿灿秋光增艳。

激起校群欢，

姐妹同游齐赞。

齐赞，

齐赞，

赤热夕阳霞漫！

词

如梦令·漂流歌

河畔风光如画，

笑束漂流披挂。

最是跃冲时，

势若箭鱼飞下。

飞下，

飞下，

飒爽豪情一霎！

如梦令·优胜美地瀑布

峭壁悬崖奇界，

顿使溪流激越。

勇下跃欢呼，

壮瀑三叠飞泻。

飞泻，

飞泻，

峡谷玉腾银曳。

注：优胜美地瀑布位于美国加州。

如梦令·冬奥申办成功

盛夏喜来心爽，

冬奥办权争上。

延庆并京张，

冰雪豪歌回荡。

回荡，

回荡，

看我中华兴旺！

【忆秦娥】

忆秦娥·雕塑园玉兰花放

东风夜，

玉兰花放枝摇曳。

枝摇曳，

园雕迎喜，

闪辉明灭。

从来花好偕圆月，

今朝芳艺相关切。

相关切，

刚柔交映，

韵光融界。

忆秦娥·观鸟巢国际马术赛

金九月，

五洲奇骏嘶鸣烈。

嘶鸣烈，

踏蹬蹄铁，

暗光明灭。

英豪跨马魂如铁，

连环险障腾飞越。

腾飞越，

乐声大作，

鸟巢不夜。

忆秦娥·赏翼装飞行

雄风烈，

人能生翼如鹰跃。

如鹰跃，

穿击云界，

翼装光曳。

崇山峻岭无边野，

弘天胆魄腾飞越。

腾飞越，

彩迷紫燕，

比肩云雀。

【青玉案】

青玉案 · **新春吉喜**

雄鸡唱晓风吹度，

换新历、捶金鼓。

四海炎黄同喜祝。

鞭鸣辞岁，

楹联红户，

春晚喧歌舞。

上元灯耀飞光雾，

狮跃龙腾万城路。

暖语欢言传院府，

月圆天下，

瑞云飘驻，

鹊报荣祥顾。

【望海潮】

望海潮·翔凤与枭龙

阔空清澈，

浩洋澄朗，

春临海角天涯。

吉瑞气氛，

祥和景象，

神州盛世繁华。

处处喜人家。

欲游观壮美，

鸟瞰新嘉。

万里驰航，

乘翔凤迅顺飞达。

环球共愿宁佳,

却多发骤变,

祸患交叉。

时现掠争,

频闻战乱,

强食弱肉屠杀。

岂敢意疏暇。

卫苍生众祉,

利剑牢拿。

喜有枭龙善战,

灭犯寇凶牙。

注：国首架支线客机 ARJ21 的中文名为"翔凤"。"枭龙"是我国国产先进战机。

【人月圆】

人月圆·天安门城楼眺望

金秋十月蓝天阔，

欣喜乐无涯。

观瞻胜地，

人潮涌荡，

盛放心花。

远行万里，

升旗仰看，

豪气尤佳。

拾级登上，

城楼壮伟，

眺望京华。

人月圆·品味年趣

东风鸣乐穿窗顾，

喜气入人家。

年节何趣？

厅搁布虎，

壁挂福娃。

凤梨红火，

巧蒸面瑞，

妙剪团花。

鞭鸣脆响，

千门互贺，

万户韶华。

人月圆·景山牡丹

丰苞硕蕾逢春雨，

一夜满园花。

嫣红姹紫，

娉婷映日，

尽展韶华。

逸仙子气，

传风雅韵，

万众皆夸。

神州国色，

雍容绚丽，

芳漫天涯。

人月圆·凝眸校园剧照

题记：偶翻旧照，忽见少年时校园剧照，心喜即兴。

忆昔年少风华盛，

花丽校园芳。

课余演剧，

豪情抗战：

"十六条枪"。

踏歌旋舞，

新疆曲美，

欢乐厅堂。

依稀梦里，

心弦拨动，

寄意同窗。

【踏莎行】

踏莎行·明城墙遗址园梅放

梦醒城春，

风来花放，

气馨香远扶摇上。

年年岁岁醉京师，

佳期有信谁能忘？

淡粉云团，

绯红霞浪，

千株树舞浓情旺。

角楼傲伟立峥嵘，

衬梅魂韵飞天荡。

踏莎行·园林古今艺趣

永定河旁，

鹰山脚下，

云萦霞绕恢宏厦。

古今筑艺蕴奇珍，

匠心文采荣华夏。

履道园清，

东坡林雅，

诗王犹在亭间踏。

中原楼院管箫徐，

岭南宅第琴吟罢。

注：唐代伟大诗人白居易酷爱园林，亲自打造的名园有履道坊宅园和东坡园等。

踏莎行·奇幻郁金香

百圃鲜明，

万株夺目，

不凭高树召风顾。

群芳密立耀春园，

千般姿彩凝珠露。

淡紫绯红，

浓橙雪素，

杯摇盏曳莲舟渡。

人间奇巧蕴香魂，

精培妙育珍无数。

踏莎行·春风却在人心域

晋校欢偕，

京师喜聚，

数十载过情犹续。

老来淡忘利和名，

少时趣事挥不去。

雀跃穿云，

花摇舞絮，

今朝热语飞思绪。

风刀霜剑岁留痕，

春风却在人心域！

踏莎行·木槿情思

暮落芳飘，

朝开香逸，

前仆后继蓬勃气。

枝条不肯向低垂，

蒸蒸锐意冲天际。

千树葱茏，

万花俏丽，

端详木槿沉思立。

人能仿效聚齐心，

家国事体皆长继。

踏莎行·夏园情景

仙子频来，

花神常顾，

亭旁叶底荷含露。

石榴花艳果新圆，

风拂雨润情相注。

云荡蓝天，

鸟藏碧树，

池光鱼影蛙游渡。

斜阳晚照正宜人，

流连漫走闲庭步。

踏莎行 · 香山秋意

岭苑风来，

峰亭雨住，

寒霜妙染云深处。

香山自古叶红荣，

黄栌艳彩千秋树。

银杏金光，

丹枫赤露，

游人不惧崎岖路。

晨辉晚照共斑斓，

世间总有情无数。

踏莎行·情寄山城

雾罩山城，

云萦江渡。

风光尽在朦胧处。

大足石刻艺传奇，

陵园耸立英雄塑。

旭日金光，

朝霞彩幕。

巴渝挽手京津沪。

嘉陵浪涌唱新歌，

蒸蒸向上辉煌路。

【清平乐】

清平乐·中秋菊月美

中秋菊俏，

待月柔光照。

姿效嫦娥飞舞妙，

貌仿圆蟾收抱。

高天灿灿银轮，

园中花海芳芬。

此际团圆锦绣，

年年最好时分。

清平乐·聚游稻香湖景园

风轻云淡，

湖畔秋情灿。

银杏叶黄枫赤艳，

漫步欢游悦看。

园林正午阳光，

相逢畅叙厅堂。

合影妙拍笑意，

如春荡漾心房。

【采桑子】

采桑子·二月二龙抬头

早春二月晴光好，

冰雪融消。

竹叶欣摇，

梅放风香独艳娇。

云飞鹤舞鸣莺燕，

天地遥遥。

江水滔滔，

昂首腾龙上九霄。

采桑子·早春

江南二月春来早，

杨柳青青，

薄雾蒙蒙，

双双情侣挽臂行。

北国乍暖还寒季，

松碧葱茏，

梅俏东风，

湖畔须翁架鸟笼。

词

【减字木兰花】

减字木兰花·游恭王府

声名显赫，

什刹海旁雄踞座。

权重亲王，

洋务担纲辅帝皇。

浩繁府邸，

筑建恢宏垂典史。

勤政银安，

未挽朝堂颓废坍。

减字木兰花·三月春光

东风雨润，

杏蕾先开桃助阵。

墙外梨花，

似雪凝枝绽玉华。

蓝天浩瀚，

沐日园林光灿灿。

三月京师，

满目城春景画诗。

【临江仙】

临江仙·家乡小城元宵夜

正月元宵红火夜，

满城路畔观灯。

龙旋狮跃旱船行。

高跷摇戏丑，

铁棍扭娇容。

锣鼓威风声震耳，

两相对阵轰鸣。

众人喝彩更欢腾。

彩车光耀眼，

唢呐奏升平。

临江仙·秋日上香山

忆往春游蝶燕舞，

满山碧树花丛。

心想红叶盼秋风。

闻名怀久远，

馨梦赤融融。

今日欣观霜后景，

影垂静翠湖中。

黄栌似火伴丹枫。

捷足登岭看，

香雾漫云峰。

词

【念奴娇】

念奴娇·瞻红螺寺

欣圆梦愿，

慕名瞻，京北神奇仙刹。

殿宇辉煌雄阔立，

金字牌匾悬挂。

东晋开元，

历朝尊拜，

百代传佳话。

须弥胜境，

红螺传誉华夏。

寺倚鹏翅青山，

春风徐度，

游众拾阶踏。

回望佛家清净地，

禅院庵门竹下。

山涧溪流，

欢泉涌瀑，

花影摇枝杈。

再登高处，

眺观千里图画。

古体诗

【长短句】

秋

风萧,

又知秋岁,

杨柳飘飘泪。

荷花谢了,

金菊却媚。

莫要惆怅,

莫只看凋零飘坠,

且看那山红似火,

正染枫林醉!

1962 年秋

赞短道速滑二则

一赞两破世界纪录

君不见平昌冬奥神龙啸，

五百米英豪壮举宏。

岂止飞滑夺金冠，

世界纪录两创新！

赛后豪言抒壮气，

一骑绝尘破霾封！

二赞男子五千米接力夺银

君不见五千米赛接力勇，

四将穿飞似流星。

捧得银牌抒壮志，

铁证中国男子短道雄！

洒笑扬旗帜，

庆胜耀五星！

古体诗

151

壮舞三军大阅兵

壮舞三军,

天兵浩气贯长虹。

军乐雄壮战鼓响,

豪强迈步踏地似雷轰。

呼号声响穿霄汉,

撼天撼地撼鬼神!

立体战系连环扣,

风驰电掣展神通。

地面突击如腾虎,

海上豪舞似蛟龙,

长空阔展神鹰翅,

三军气势磅礴展雄风!

威武将军领队受阅抒豪迈,

抗战老兵乘车参阅展殊荣。

女兵飒爽英姿阵,

巾帼英雄壮豪情。

外军参阅派队十七国,

共展军威与友情!

壮舞三军，

大国利器势铮铮。

战车、火炮隆隆过，

坦克、装甲车流涌。

常规、战略导弹分类列，

护国尖端装备又更新！

信息化支持展科技，

现代化保障倍分明。

海上航母强呼应，

舰队昂然破浪行。

此番受阅百战机，

十组梯队壮飞行。

预警指挥望远域，

多机型轰鸣亮艳过蓝空。

万人观礼欢呼际，

神鹰妙舞画彩虹！

壮舞三军，

环球纪念卫和平。

二战胜利来不易，

正义同盟协战永记铭。

九一八国耻不能忘，

沉痛刻忆屠南京。

抗战英雄不可忘，

烈士鲜血换光明！

今朝屹立新中国，

国力增强志强军。

反腐决心昭天下，

团结意志更强军。

唤起国人强国志，

唤起炎黄赤子爱国情。

九三阅兵振国威，

百年励志，卫国维和共安宁！

2015 年 9 月 3 日

列车在飞翔

君不见京师正阳门东处，

铁道博物馆中列展详。

中华百年铁路史，

风风雨雨历程长。

文物资料珍存在，

车模实具馆中藏。

"铁道之父"詹天佑，

开基创业做栋梁。

从无到有龙车慢，

新中国铁路渐辉煌。

君不见今朝业伟举世赞，

铁道交通血脉畅舒张。

十二万公里营运线，

高铁更列世界第一强。

绿皮车蜕变和谐号，

动车飞速玉龙翔。

今朝更脱胎换骨升层次——

自主知识产权复兴号品牌亮！

时速可达七百里，

京沪高铁瞬间奇闪箭龙航。

改革开放风云阔，

一带一路跨洲洋。

跨国铁建走出去，

合作共赢惠八方。

君不见国人言高铁皆自豪，

乘车人面焕春光。

铁道业发展国之要，

祈祝家兴国旺共荣祥！

强国情愫之壮国防

君不见

人人赞全球和谐大理想，

个个盼世界和平共安享。

但必须经济实力做后盾，

构筑起现代化之大国防。

回看历史观天下，

弱国凄惨必败亡。

无现代化立体坚屏障，

国泰民安谈纸上！

甲午海战君可记？

倭舰黩武犯海防。

清廷腐败国库空，

舰少速慢弹不强，

虽有敢战赴死英烈将，

难挽北洋水师全军覆没败疆场！

海湾之战君可记？

伊国机少弹弱无空障。

巡航弹击机轰炸，

屯兵百万死或伤。

巴格达顷刻成火海，

天方夜谭去茫茫。

马岛之战君或忘，

相隔万里比弱强。

英伦虽早非"日不没"，

海空装备战略犹逞强，

特混舰队越洋去，

阿国咫尺守岛无主张。

志士仁人若爱国，

国防意识须立强。

兢兢业业增国力，

十三亿心助国防！

君不见

业不分宏微力可聚，

经济发展促综合国力后盾强。

人不论高低贵贱展己长，

亿万赤子都做强国好儿郎。

科技经济双轮创新争前列，

保障国防装备一流强。

陆海空天须拥强慑武，

尖端利器出击可致敌亡，

筑得坚城敢战能胜御强寇，

现代化攻防战略强。

不存丝毫侥幸意，

军演天空陆地和海洋！

大国实力豪勇轩昂立，

定教动念之敌胆惶惶！

中华不做超霸逞豪强，

只打造民安国固万里疆！

让神州处处花烂漫，

让中华民族代代福祉长！

注：马岛之战为 1982 年历时 74 天的英阿马岛之战，最终以英国战胜阿根廷，夺回马尔维纳斯群岛结束。

忆中秋

忆中秋,

万里蓝天云逸游,

恰似白鹤翩翩舞,

祥云轻拂万家楼。

忆中秋,

满园菊放灿金秋,

金丝翻卷紫朵丽,

十月芳海浪花稠。

忆中秋,

央视歌舞艺韵悠,

明星、草根同台演,

天籁音飞美歌喉。

忆中秋，

皎洁银轮明宇宙，

光波漫漫至人间，

四海团圆暖心头。

忆中秋，

光鉴幽谷虎狼头，

国门哨所山海域，

锐目铮铮护神州。

寄梅短句

冬雪拥你傲俏，

春风赞你花开。

芳艳兼具风骨，

坚强美丽情怀。

东风碧柳之劲舞

春神击鼓，

东风浩浩谁与舞？

看风来豪迈，

激扬青春威武。

展雄魄，

放歌喉，

驱尘雾，

摇水陆！

掠南国激荡江河与湖海，

越北地摇撼山峰和峡谷。

春神击鼓，

柳醒弯眉天地睹——

碧妆姿俏，

动人楚楚。

春神强击鼓，

东风拥柳双劲舞，

甩秀发，

旋腰身，

幻千手，

扬晶露，

同怀昂扬奋发抒心曲，

共展勃勃生机歌情赋！

乡思梦忆聚乡愁

我欲舒卷写乡情，

乡思梦忆聚乡愁。

千丝飞赴太行山，

万缕涌入汾水流。

故乡思，

最思是儿时，

春游郊外双塔寺，

登高远望山川丽，

迎春黄花铺满地。

儿时怎寻觅……

思故乡，

最思访师长，

少年结伴寻古巷。

宅院厅堂果品尝，

师生若亲话语长。

情景入梦乡……

故乡美，

最美难老泉，

三晋名祠流碧玉，

晶莹清澈水涟涟，

水母传说越千年。

情逸似云烟……

忆故乡，

最忆是云岗。

北魏精雕万佛像，

至今神采目含光，

环球海国皆仰望。

瞻访再回乡……

故乡情，

情凝最中秋。

越岭翻山归故里，

团圆喜庆月照柔。

姊妹叙忆思逝亲，

父母萦心头……

梦故乡，

梦昔普照寺，

森森柏坡通岭上，

禅院钟声传山底，

庙会进香人济济，

梦醒访遗址……

故乡念，

最念是清明。

垣上寂寂黄土坟，

香烛食供祭祖亲，

泣语传情泉下人，

情涌恸伤心……

故乡愁，

最愁难寻旧。

城乡繁华皆巨变，

若觅忆景费索搜，

且饮陈汾品乡愁，

甘苦共醇稠……

【五言】

水仙

春来知人意，脱颖绽花枝。

一饮清澈水，尽展仙子技。

绿裙长袖舞，玉面束金髻。

馨香增室雅，欣欣发生机。

1989 年 1 月北京

黄果树瀑布

六月甘霖沛，来观水正宏。

天河通江海，雷霆万鼓鸣。

身临雄阔瀑，豁然壮心胸。

神州诸多瀑，此瀑气最宏。

近瀑气雾涌，宛若入水中。

仰观纵横阔，天降百万兵。

神勇下宽潭，漫天玉飞龙。

穿行水帘洞，手触水幕清。

观后离去时，若与友别情。

行至小桥时，回首再凝情。

此行留深忆，黄果树瀑宏！

2005 年 6 月贵州

古体诗

169

盼拥航母

企盼拥航母，强我陆海空。

欲保神州靖，必为利爪龙！

2010 年 3 月

冰道飞花铿锵美
——赞女子短道速滑温哥华冬奥全揽四金

四年磨一剑，冬奥建奇勋。

短道速滑赛，全揽夺四金。

女帅宏图展，巾帼兵将神。

冰上飞花美，铿锵又一军！

2010 年 2 月

赏同学实寄封邮品

实寄封珍品，君藏数十年。

众赏别样趣，情蕴岁月间。

金门桥畔

映日黄花丽，迎风紫藤香。

喜偕游桥畔，共赏好春光。

2009 年 4 月旧金山

登顶科巴大金字塔

玛雅文明史，科巴可觅踪。

热带林深茂，古迹藏其中。

蹴球场址在，碑刻秘无穷。

巍巍金字塔，高耸入云空。

凌云志攀险，青春老幼同。

石阶坡陡峭，攀绳踏稳行。

登顶俯瞰际，家人扬笑容。

远眺四野阔，壮气荡心胸。

注：科巴古迹是墨西哥一个玛雅文明的城市遗址，位于热带雨林深处，科巴大金字塔是该景区唯一对游人开放提供攀爬的金字塔。

2016 年 11 月墨西哥

古体诗

【七言】

春

一树粉红一树白，春风吹得桃杏开。

芳香直上重霄九，醉引神仙下凡来。

1957 年春太原

鹰

万里云天一翅穿，雄风浩浩立峰巅。

怒海狂澜无所惧，自是心超九重天。

1963 年太原

北海银滩

人鱼共悦排浪涌，陶然憩卧水冲肩。

四海宾朋皆赞叹，白沙细漫好银滩。

1993 年 7 月广西北海

狮城印象

南洋宝岛新加坡，狮鱼美塑立婀娜。

满城芬芳街衢丽，堪称世外花园国。

老少多能言双语，多元文化汇融合。

各族携手相济济，华裔儿女自豪多。

1995 年 6 月新加坡

狮城乌节路

花园城中夜明珠，灯影霓虹相映扶。

商厦林立游人织，店堂琳琅货品殊。

轻乐飘飘似乐园，热诚雅言迎客顾。

购物小憩悠闲坐，缓缓行观漫步舒。

1995 年 6 月新加坡

香港赛马场

博馆琳琅图文具，百载誉声赛马场。

历尽沧桑荣与辱，回归依旧奋蹄扬。

2001 年 9 月香港

古体诗

173

都匀行

马踏飞燕立雕塑，都匀城敞荡豪风。

地球腰带宝石缀，静赏风光动漂冲。

2005 年 6 月贵州都匀

江湾村

远山隐隐江南梦，近树葱茏水乡幽。

青瓦白墙檐妙翘，乡贤园里情趣稠。

2005 年 6 月江西婺源

中秋忆咏

皎皎银轮映天地，中秋歌舞荡乾坤。

炎黄处处传古韵，一曲团圆四海吟。

咏北京香山寺

京西龙脉碧峰阔，古刹寺观藏岭间。

香山独领园林景，清代盛名静宜园。

永安牌楼拾级上，依山借势若登天。

钟雄鼓壮楼宏伟，天王圆应殿昂轩。

水月空明神笛赋，青霞寄逸鹤云篇。

攀岳廊旋龙身跃，荡霄幡耸凤冠悬。

雾携甘露梵音远，风抚香林阁韵闲。

前街后苑中弘寺，香山寺誉越千年。

香山静美

苍翠林幽连绵远，秀妍花艳馥郁芳。

风铃响动古寺静，迎夏香山美画廊。

雪国风光五首

——赏家人游加拿大美照

班芙美域

班芙美誉落基魂，湖瀑冰川万象新。

踏立峰峦豪气荡，山花鼓舞壮游人。

露湖仙境

湖比天蓝翡翠露，晨阳描美粉黛山。

云光树色奇幻丽，心悦人留妙影颜。

塔古高瀑布

万面鼓鸣惊岭壑，千寻瀑降下山巅。

碧崖腾雾蒸蒸气，天映蓝光化紫烟。

冰原大道

一路风光千里行，露易斯湖奇幻中。

玉雪神山云飘绕，冰原道畔岭峥嵘。

雪国风光

雪国四季玉白痕，碧树森森花草新。

湖水澈清天成镜，风光人影共双馨。

初秋小咏二首

暑去秋来

天光云影满城碧，湖色荷姿漫池红。

又是一年情景换，蒸蒸暑去荡秋风。

小园夕照

碧绿丛中凉丝逸，初秋已然气爽新。

圃间渐有微紫叶，相伴疏芳共宁馨。

瓶花静雅

一束百合康乃馨，厅中娴雅静怡人。

满街花树杂尘气，瓶里轻枝散韵芬。

漫忆童年四首

踏青野趣

山崖覆翠野枣红，轻过陡坡避黄蜂。

摘得果尝酸甜味，回首垣上霞彩彤。

春游登塔

岁岁春游喜匆匆，少年雀跃踏歌行。

远足郊外登古塔，漫看山川图画中。

雨中采桑

儿时居家童乐少，窗前铺纸养幼蚕。

幽幽夏日碧园静，雨中采得桑叶还。

湖上歌声

湖上穿梭十数船，映日红旗似彩帆。

风华少年歌校曲，同学相聚忆趣谈。

母爱宏恩
——献给母亲节

摩天峰岭高能测，荡地湖洋深可寻。

母爱宏恩怎量计？漫盈人世暖乾坤。

春夜随咏

狭院夜阑雨润树，陋室人宁灯暖书。

风振灵犀新意启，心遣拙笔旧墨抒。

教师节忆恩师

白笔奋书叩青板，粉萦师长玉坛台。

三尺教鞭殷勤指，莘莘学子向未来。

夜来秉烛燃光亮，倾心尽瘁育良才。

推窗喜迎晖光至，笑看桃李万花开。

贺新岁

春神击鼓天地动，万象更新待鸣钟。

此际同窗遥相祝，精神抖擞向光明！

西湖彩色音乐喷泉

声光异彩恢宏乐，激荡飞波撼客心。

西子湖仙今穿越，万千舞者化泉喷。

游加州太浩湖二首

其一

数十里阔大湖宽，近围碧岭远雪山。

万里遨游观河海，此湖情景意无边。

其二

俯瞰晶莹清澈水，抬望白头玉雪山。

四野松林环太浩，湖比天蓝云朵闲。

2009 年 4 月

旧金山九曲花街

欲下高坡九道湾，行车三步一回环。

此街香誉满天下，蜂蝶游客醉花间。

2009 年 4 月

赏莫奈睡莲图二首

其一

深红浅紫莲烁烁，暗绿幽蓝水淙淙。

百载依旧传情挚，莫奈神采在池中。

其二

似醒似梦莲魂舞，光浮丽影若空灵。

画前人随蓝雾去，身心入境共朦胧。

注：克劳德·莫奈（1840——1926 年），法国画家，印象派代表人物和创始人之一。莫奈的睡莲，成为传世佳作。

古体诗

181

宁静京师

滚滚人潮离城去，临节各自返乡园。

京师喧闹今忽静，百里长街春气闲。

南国绚焕焰舞篇
——港珠澳大桥音乐焰火表演

寰宇回荡雄浑曲，南国绚焕焰舞篇。

奇迷幻彩激光曳，盖世霓虹映海天。

长桥飞连港珠澳，海上蛟龙浴火翩。

百万银花腾鳞舞，动魄惊呼炫翼宽。

光华闪动冲霄汉，壮美声涛撼世间！

丁香赞

亭亭玉立一隅静，摇曳风中若轻吟。

唯有心香关不住，花团簇簇散清馨。

雨后紫薇

长枝对叶花团簇，浅紫淡红润晶珠。

轻抚曲干灵犀动，瞬间起舞美态殊。

观影《太行山上》三首

一曲豪歌
千山万壑声回响，铁马金戈战旗扬。

一曲太行山上歌，传情代代气昂扬。

平型关大捷
宏谋妙策布阵围，正义雄师展神威。

平型关战传捷报，板垣精锐化灰飞。

一鸣惊天振四海，激起中华遍地雷。

此役辉煌载青史，万代追思慕光辉。

夜袭奇战
夜袭机场阳明堡，一二九师出奇兵，

但使抗战英雄在，不教飞贼逞威风。

强国情愫之怀古抒今

上溯千载唐天朝，明代航海仍居前。

闭关锁国封皇梦，环球骤变失地天。

曾经嗤鼻蛮邦夷，坚船利炮劫赤县。

万园之园倾国宝，掠尽焚光成废垣。

曾是雍容天子国，沦为弱邦丧尊严。

曾是万里固疆土，涣作破碎散沙盘。

生灵如蚁遭涂炭，百年国耻痛万年！

谁启暗夜沉沉幕，谁解神州民倒悬！

则徐一怒焚鸦片，中山辛亥立峰巅。

井冈翠崖树赤帜，延安宝塔火燎原。

十月红花遍九州，中华开启新纪元。

百业鹏程方壮举，十年迷途险崩坍。

中华浩气传古今，魑魅魍魉烟消散。

神思定夺拨迷乱，巨轮再启阔海天。

屹立东方神州旺，改革开放换新颜。

经贸繁荣通四海，科研探月壮国颜。

民生逐日蒸蒸上，大国崛起非臆谈。

与君忆谈齐励志，情怀坦荡共趋前。

君若身居高官位，鞠躬尽瘁写正篇。

君若护国大将军，金甲不解枕戈眠。

君若科工农经贸，行行创业做贡献。

君若与我同情志，泼墨挥毫赤子言！

贺女排大冠军杯赛夺金

顶天立地巾帼伟，吐气扬眉女排威。

大冠军杯鏖战后，金牌丽队凯旋回。

歼 20 试飞

固国军旅须利剑，歼贰零飞试异辉。

切盼航母早下水，海空陆共壮国威。

2011 年 1 月

五月月季风

一园树浪扶花放，一片镜湖过风香。

五月迷情观月季，千般姿彩胜春光。

夏日即景

碧绿湖中清莲丽，葱茏树下茂花红。

远山近景偕倒影，此画天成借蓝空。

七夕随想

淡淡云风传佳话，迢迢河汉叙贞吟。

袅袅炊烟咫尺近，人间离散应扪心。

十六月圆

蒙面轻纱遮不住，嫦娥起舞散云开。

世间情挚暖明月，朗朗光华照人来。

八月园仙美

亭似珠簪柳丝发，桥如玉带水波裙。

丽园仙子雅妆后，仰看蓝天舞白云。

莲池景幻

天高澄朗蓝无际，水阔清宁碧无穷。

荷叶连成瑶台阵，莲花仙子幻彩呈。

重瓣白荷美

翡翠碧蓬金丝蕊，飞旋重瓣舞妖娆。

雪荷光映明与暗，剔透轻盈白玉雕。

桥上

桥上盆栽丛丛丽，繁星闪烁迎路人。

名花倒是声誉远，哪个合群近凡尘。

花叶共秋色

秋风渐染园中色，红紫金黄共斑斓。

莫道此时叶天下，路旁月季仍耀鲜。

温室雨林与沙植

阔叶丰枝雨林茂，淙淙泉响水雾生。

光穿百色花蕾瓣，紫气碧丛穗黄橙。

旋进沙漠仙人境，刺茎高伸或圆蓬。

恍若瞬间游海外，奇芳异卉共峥嵘。

赏芭蕾舞

淡碧芳裙轻旋舞，柔白秀羽妙飞翔。

足尖点点扣音键，梦境天鹅落身旁。

早春京师赏梅

腊月凌寒第一枝，东风梅系姐妹奇。

千姿百色芬芳丽，俏扮早春缀京师。

清华园三首

近春园

阶上高台云阁伟，湖中宽榭水镜幽。

近春园里风光丽，迎夏圃间花正稠。

馆苑幻奇彩

一脉清波沁肺腑，葱茏万树静初心。

花摇馆苑幻奇彩，紫叶倚楼颤弦音。

午后校园

午后斜阳光晕暖，林丛深邃雀轻鸣。

亭台幽静书卷气，楼馆寂寥儒雅风。

北宫森林园二首

赏北宫山秀

云淡风轻九月秋，北宫山秀游客稠。

临湖倚廊觅静趣，曲径登高放眼畴。

青山踏歌行

九月金秋秀北宫，湖清林茂岭葱茏。

童心鹤发攀峰顶，敢上青山踏歌行。

丁酉春杏花

春风暖际芳次第，杏蕾红时园又新。

瓣绽白花胭脂点，朝霞粉晕染轻云。

玉渊潭早樱

十万玉蝶翩潭岸，一园高树舞云霞。

清纯未必孤芳雅，早樱花放动京华。

回乡祭祖亲

清明飒飒风来际，桃杏灼灼花草新。

村南佛寺摇丝柳，镇北祠堂聚族人。

举家兄弟携子女，虔诚拜祖祭先亲。

望碑肃穆凝情意，叩首呢喃诉心音。

游瞻绵山

千古清明纪介子，炎黄赤子感地天。

谷深岭峻松涛漫，四海人皆仰绵山。

旅途随想

一家稚姐爱萌妹，两代妈咪互关心。

父子传承情怀暖，融融乐乐游坎昆。

2016 年 11 月

古体诗

坎昆海景

蓝天云若千鹤舞，碧海潮如万马嘶。

妙倚泳池无限际，远观冲浪勇者驰。

注：坎昆为墨西哥旅游胜地。

2016 年 11 月墨西哥

坎昆之夜

椰树摇风朦胧夜，柔灯缓乐梦餐厅。

墨国佳肴风味异，老幼青春笑语中。

坎昆度假岛

足踏白沙心神旷，身潜碧水目光清。

加勒比海波浩瀚，天籁宏鸣浪涛声。

游墨西哥图伦遗址

登顶悬崖神殿处，加勒比蓝一望收。

古城千载今犹在，玛雅风华万古留。

注：图伦古城是玛雅文化后期的重要遗址。历史上曾为宗教城市，遗址保存神殿、柱楼等古建多处。

卡斯蒂略金字塔

卡斯蒂略金字塔，底蕴风华耀寰中。

阶共三百六十五，依偕年历天数同。

岁岁春分秋分际，塔面蛇影随日行。

天文精算巧设计，玛雅先宗世人崇。

注：卡斯蒂略金字塔位于墨西哥奇琴伊察，是世界最著名的金字塔之一。

2016 年 11 月墨西哥

巴拉多利德一瞥

教堂双塔巍峨立，温婉园雕倍怡情。

小店品牌货奇雅，葱茏古木掩老城。

观大都会博物馆

浩繁藏件三百万，雄阔殿厅布连环。

欲晓环球艺术史，须游都会三五番。

注：纽约大都会博物馆，是世界著名的四大博物馆之一。

赏梵高伟大画作三首

夜

橙黄明月飞旋转，万里星云荡波腾。

小镇沉寂光微闪，柏如黑焰刺夜空。

葵

向日轮盘葵花润，一团火焰韧韧腾。

心无旁骛专一色，浓烈真情注爱浓。

春

淡淡蓝空粉云幻，山似洪涛卷浪翻。

野花灿灿耀明悦，浓碧柏柔入霞环。

注：文森特·梵高（1853——1890 年），荷兰后印象派画家。他的伟大传世作品《星夜》现藏于纽约现代艺术博物馆。

雪后初晴

白雪犹积七寸厚，蓝天已放万里宽。

窗前伫立思乡境，企盼霾除展笑颜。

喜京师重现蓝天

隔海遥知京霾散，心中已现碧蓝天。

若能常有风吹度，即便冬寒也悦然。

游平遥古城

钱庄票号商贾貌，文庙学宫韵哲篇。

踏上城楼观八面，明清旧景今沸酣。

春赏卡特兰

新春神爽游何处？植物园赏卡特兰。

此花别名阿开木，家乡南美热带园。

美誉称王洋兰首，艳丽芬芳两俱全。

茎若纺锤叶片厚，花梗顶端绽丽颜。

萼片舒展妙扶瓣，花瓣丰盈形硕宽。

最是唇瓣吸睛魅，花抒浪漫卷波边。

百变馨香与韵色，拍客花痴迷幻间。

浅紫幽幽神秘态，橘红朱赤热火翻。

粉白相间柔嫩貌，淡绿花叶偕雅娴。

万生苑里百花艳，闻香品媚卡特兰。

黄河壶口瀑布

震宇涛歌声豪壮，穿崖浪舞气恢宏。

雄浑壶口狭道险，地倾天悬跃黄龙。

观三妹家中花二首

其一

人能暖暖春风意，花便早开悦人心。

天南地北寻景致，倒是心田最温馨。

其二

君子兰仙引领放，争奇斗艳满厅鲜。

育花培木勤与爱，多彩人生畅意翩。

春日街衢

春深不必赴园苑，花盛已然耀街衢。

暗雾阴云遮不住，桃李东风韵香徐。

春色正斑斓

高树海棠连云彩，矮株连翘耀花黄。

牡丹王者雍容态，领放满园郁金香。

缤纷郁金香

雪翅丹盅翡翠蕊，金边赤瓣墨玉芯。

红黄粉艳单色丽，草麝香开彩缤纷。

注：郁金香别称草麝香。

海棠翩彩

西府清新绚丽彩，紫叶浓深贴梗旋。

不拘一格妆春景，林苑街园处处翩。

注：西府、绚丽、紫叶、贴梗均为海棠品种。

迷幻桃花谷

一夜风吹桃花海，只留淡淡粉朦胧。

寻芳不见疑春去，转入谷中见绯红。

赏江南水乡美照

四月春深绿渐浓，清江碧野雾朦胧。

石桥水镜浮倒影，路畔山花三五丛。

凤舞九天二首
——观首博楚文化展

其一

巫山云雨东海浪，八百年间阔山河。

屈子离骚光奕奕，龙飞凤舞翘楚歌。

其二

同飞穿越三千载，共赏南天楚国雄。

建鼓编钟音韵远，诗书礼乐荡寰中。

大圣来也
——喜赏首博猴年展

筋斗云飞十万里，悟空棒扫四海清。

首博喜庆春归际，猴聚人寰气蒸蒸。

晋祠三绝

太原西南古晋祠，悬瓮山下景旖旎。

森森古木青山秀，难老泉流成碧溪。

碧溪一望清澈水，欢泉波涌跃青鱼。

饮得此泉人难老，此泉不老流不息。

巍然一座圣母殿，千古流芳蕴仙琪。

八龙盘绕围廊柱，琉璃彩瓦胜珠玑。

殿中圣母慈颜坐，侍女彩像雅容仪。

殿前鱼沼飞梁起，拔地腾空展翼奇。

日映光华明水镜，恍若天庭玉液池。

唐槐依旧雄风在，至今延梦浓荫里。

周柏从容抒豪壮，长生不老证史迹。

梦里常回仙祠境，耳畔频响太白诗：

"晋祠流水如碧玉"，我心欢畅忆晋祠。

注：晋祠三绝：周柏唐槐；圣母殿内宋代彩塑；难老泉。

玄鉴楼

城隍庙里藏瑰宝，举世闻名古建楼。

斗拱妙合重檐翘，歇山顶配九脊优。

空灵藻井三分立，厚重台阁两层收。

雄伟壮观含秘奥，奇思巧构艺精筹。

注：玄鉴楼，位于山西榆次城隍庙内，始建于明代。1999 年玄鉴楼被世界历史文化遗迹保护基金会评为全球最精美的 100 处古建筑之一。

游乔家堡随想

欲溯三晋繁华史，须游祁县乔家堡。

精筑宅院奇文物，门厅楼室气度殊。

严谨家规启风尚，子孙辈有人才出。

经商有道讲诚信，纵横南北绘宏图。

滚滚金银归商铺，聚沙成塔富贵足。

虽遭战乱家人散，后代贤才重读书。

今人应学乔家志，未必模仿做商贾。

科技经贸农工牧，报效家国各有途。

八方聚首宏论张
——贺视网刊媒创新论坛交流

共启新程大路长。一品古道清茗香，
视网刊媒思交汇，八方聚首宏论张。

抗战胜利日随想

雄师义勇殊死战，终使狂魔垂寇头。
祭奠华魂三千万，强军强志卫神州！

前门步行街

一脉长街声誉远，正阳门外列商楼。
百年字号繁华处，历久弥香聚客稠。

冬日大观园

蓝天晴日播光暖，红叶微风闪笑颜。
紫影橙光飞林苑，湖亭斋馆景焕然。

千手观音亮艳 APEC

惊艳登台舒千手，播光万里笑微矜。
中华骄子拳拳意，残障人杰艺精深。

夕照玉渊潭

叶色迷离金麓苑，光华映照玉渊潭。
夕阳异彩呈奇幻，落日云飞赤霞翩。

冬日亲聚

市井馆堂尝南味，家人小聚叙亲情。
寒冬虽有风凛冽，此际只觉暖阳生。

赞同学美声演唱

霓裳飘逸水仙女，咏叹声波上云霄。
一曲抒情月亮颂，青春依旧放歌涛。

喜赏同学新疆舞

扬手旋腰踏节舞，抒怀放眼和乐腾。

同窗校友夕阳美，欢乐自豪荡心胸。

赏同学家中花卉三首

堂中虎刺梅

茎壮刺尖扶俏美，别称获誉铁海棠。

娇梅旋瓣红黄幻，共赏一丛妙柔刚。

窗前仙人柱，

大漠荒原豪放舞，宽厅暖室纵情腾。

青鞭碧柱朝天意，一派清奇翠叶冲。

四季海棠美

翠叶葱茏携暖意，红花艳俏送芳情。

迎春仙子融冰雪，四季海棠化隆冬。

迎春二首

立春
料峭风中春讯至，明寂苑里腊梅开。
厅堂暖意连节喜，抬望蓝天紫气来。

赏杜鹃花盛
天外杜鹃灵赤鸟，神鸣化作映山红。
窗前妙舞迎春至，如火腾欢捧艳浓。

赞同学妙培蟹爪兰

一束花枝一寸心，六千粉黛二十春。
今朝呈艳同窗赞，仙气袅袅逸香馨。

逛厂甸庙会

四百年来声誉广，京城庙会厂甸红。
民俗演艺赢喝彩，灯彩飞霞似火红。

正月琉璃厂

正月踏寻琉璃厂，文风扑面带瑞香。

阁联妙句流泉畅，廊画娇容逸蕙芳。

赞同学夫妇琴歌相伴

凝神忽现朦胧画，歌恋琴思咏情深。

谐爱夫妻感同辈，抒诗叙语寄津门。

赏津门彩灯夜景

银河渡口城不夜，天上人间舞霓虹。

飞火灯云光曳曳，莲花仙子彩阵宏。

梦醒梅乍开

忆古城垣墙犹梦，惊春花卉梅乍开。

绯红浅绿青春舞，淡粉莹白玉人来。

紫花泡桐

春来自是风景线，大树繁花紫蔟团。

无意弯腰寻眷顾，蒸蒸向上近蓝天。

芳花万树

斜阳似我爱春景，送暖播光至樱林。

湖畔清风鸣天籁，芳花万树舞星云。

春到大观园二首

碧柳海棠

谁道红楼已沉寂，春风吹度焕生机。

环湖碧柳垂丝曼，高树海棠万花奇。

桃花艳丽

秋爽斋中芳阁静，怡红院外翠湖平。

桃花争艳新妆丽，山麓亭旁处处红。

赏都城夜景四首

天街飞彩

白日京师碧绿城，天街入夜幻霓虹。

车流顿作彩光带，宏厦辉煌灯树明。

楼阁倒影

紫禁城中夜已阑，角楼灯映焕面颜。

后河喜接楼阁彩，倒影直可数柱栏。

阁上星云

湖光隐隐朦胧夜，灯射辉光舞缤纷。

梦境飞来神摄手，遥托彩阁上星云。

影幻龙船

夜色茫茫接水天，奇灯连就妙景圈。

远楼近阁浑一体，恍若神雕巨龙船。

梦际思亲

风叩窗棂神鸟至，依稀梦里见逝亲。

呢喃欲诉思念意，醒际虚无泪沾巾。

睡莲

凌波仙子七色羽，阔叶扶花舞妙姿。

载誉洁美融馨梦，莲池彩幻影清奇。

秋初新韵二首

园中
风摇木槿枝叶秀，灯映紫薇花蕊香。

漫步园中不思归，初秋傍晚好时光。

水榭歌台
梆声清脆音律悠，和韵笙歌听客稠。

假日园中票友聚，唱得莲悦花点头。

五月风香

小园粉艳海棠笑，五月风来天下春。

四季红枫腾紫气，花鲜樱树舞芳云。

里约奥运女排夺冠

坚韧卓绝金牌战，女排夺冠撼世人。

三十五载精神在，奥运峰巅耀国魂。

平湖荷蕾

玉瓶净水滴清露，红日丹霞抚静亭。

瑞气氤氲平湖漫，轻挪阔叶荷蕾升。

观央视直播钱塘大潮

万千狮吼龙腾阵，逆涌飞涛过盐官。

冲顶壮排回头浪，声威浩荡震宇寰。

秋叶初黄

城苑雨柔林浓绿，山峦风爽叶初黄。

欣游北地舒心境，九月捷足赏秋光。

赏奥园夜景二首

观光塔

塔如长号鸣秋夜，光灿五环近霄云。

一曲奥园舒缓乐，长空轻曼舞星辰。

玲珑塔

新塔玲珑形奇异，浮屠尽在幻化中。

层层宛若居仙女，灵秀轻盈闪悦容。

园中秋韵

金秋街苑未萧瑟，十月园林正斑斓。

三角梅开粉紫艳，海棠花放润红鲜。

自由诗

211

偕游赏秋

哈德逊河宽流远，两岸画图入眼帘。

秋色斑斓橙黄绿，青春老幼悦游欢。

小园初冬景

月季初冬花芳艳，红枫小雪叶鲜明。

美东风冷人意暖，小苑依然勃蓬蓬。

观"走进养心殿"特展

宫藏珍异非天赐，百代艺魂铸神州。

多少帝王烟飞去，中华瑰宝万古留。

自 由 诗

西双版纳，我为你歌唱！

飞机向南，越过北回归线

走出机舱

热带风送来迎接的热浪

顿让人情涌心间、血脉贲张

热带园叶阔树高、雨林繁茂

傣家园米酒甘润甜香

加入舞蹈的行列

你每一个细胞都会随傣乐跳荡

澜沧江波光荡漾

岸边是数十里棕榈长廊

天上白云也在愉悦招手

车行在鸟语花芳的仙乡

象脚鼓引动人们的舞步

泼水节气雾欢腾、水花跳荡

美丽的西双版纳

我要为你激情歌唱

2005 年云南西双版纳

一个感天动地的瞬间

你

三岁的萌童

从震后的废墟中被救出

你没有哭泣

你望着

那些救人的绿衣天使

你那幼小的心灵

演绎了瞬间的神奇

左臂骨折的你

艰难地举起稚嫩的右手

你说：谢谢叔叔

你行出震撼世界的敬礼

满眼热泪

——世人情梗胸际

你那颗感恩的童心

感天动地！

永远腾飞的龙凤
——抗震豪歌

走过了

五千年的沧桑，

造就了

大气磅礴的胸膛，

经遭了

千灾万难，

昂首屹立——

世界的东方。

一次次血与火的洗礼，

一次次外侮凌荡，

一次次江海洪流，

一次次雪暴风狂！

中华——

你奋发！

你顽强！

你愈豪壮！

你是飞天的巨龙，

你是舞宇的凤凰！

惊天强地震，

惨重大伤亡，

地裂山崩城镇陷，

汶川二字众神伤！

中华——

你不惧！

你挺立！

你愈坚强！

千军万马闻号令，

四方赤子赴战场。

心胸激情砰然动，

心潮热血涌大江！

"我们都是汶川人"，

我们热血共一腔！

十万子弟兵，

救灾从天降，

勇踏余震险，

牺牲亦敢当！

举国十三亿，

铁壁铜墙大后方。

自由诗

逝者如风去，

亲人痛断肠，

废墟获救童颜悦，

八方热泪涌目眶。

机群空投救灾物，

地面运输车队忙，

三军将士心绪急，

火速行军赴灾乡。

海外送慰援，

危急显谊广。

环球侨胞捧关切，

港澳台胞慨解囊。

天降大任于中华，

惊世大考从容对！

中华——

你撑天！

你立地！

你愈铿锵！

荡气回肠救震灾，

再登奥运伟殿堂，

九州豪气今更聚，

龙飞凤舞向辉煌！

2008 年 5 月

三色——生命的光彩

天地间有万千色彩

如今有三色人人都爱

八级震让大地失色

危难中显现三色神采

绿色是十万雄兵

橙色是专业救灾

白色是医护天使

三色组成生命的光彩

三色让黑色死神却步

三色为绝望的人们驱走阴霾

三色是人间永远的春色

三色花在亿万人心中盛开

2008 年 5 月

自由诗

219

激情会聚

飞雪越过时空

深秋便来约会葱茏

翠绿的雪松

披上了厚厚的斗篷

宁静的小院

如童话般洁白、玲珑

黄杨成了晶莹玉球

月季围绒更显格外娇红

一位诗人说：

这是秋与冬的邂逅

我说——

是天公作美

聚会了美丽与激情

晨光赞

风是你雄健豪放的挚友

他把乌云和雾霾驱散

而你是破晓的曙光

你带来天空的湛蓝

你照亮森林、湖岸

你唤醒楼厦、街园

你点燃生命的激情

你点燃人们对生活的爱恋

世纪坛的春天

不必去遥远南寻

春神已飘然来临

你若心中有梦

你会感受春意袭人

有一个绝好去处——

到世纪坛迎春

那里有张张笑脸

映着红火的新春

你会跨越时空

遥想五千年的新春

你会神思遥远

慨叹五千年的风云

那雄伟高耸的坛台

让人豪气油然而生

那开阔的大道

那燃烧圣火的广场

感觉到炽热的活力

感觉到激越的升腾

那刚劲雄浑的——

时空探针

凝聚的是历史

凝聚的是精神

指向的是浩瀚苍穹

指向的是理想与光明

美！美！美！
——给中国奥运军团女子健将们

美！你们是牡丹、是玫瑰！

你们为奥运体坛增添妩媚。

人们难忘你们的赛场英姿——

领奖台上更显端庄秀美！

美！你们是阳光、是春雷！

你们的奥运壮举闪耀光辉。

你们巾帼不让须眉，

为祖国把一项项荣誉捧回。

美！情操雅美、心灵纯美！

你们是时代骄子豪迈腾飞，

听！举国上下在对你们赞美！

听！长江黄河都起舞高歌将你们赞美！

2008 年 8 月

绽放吧！铿锵玫瑰！

天边飞过闪电

骤雨中腾跃铁军

没有犹豫软弱

你们无比神勇

谁在强突抢控

是你们！是你们

不是对战的她们

你们的目光炯炯

你们有豹胆狮魂

突进、腾冲

腾冲、突进

一次次奇攻飞射

多场赛豪展威风

你们让世界猛醒

中国女足不怂

看大地铿锵玫瑰在怒放

看东天曙光晓色正绯红

温暖·光明·遥远
——国际美术双年展

面对炽热激情与深度梦幻

面对溢彩腾霞的秘境花园

面对升华向上的开始

面对山野的起舞与呼唤

你沐浴着丝路花雨

你穿越飘逸云烟的莽原

你品味融入东方神韵

你见识异域的美丽容颜

你可以驻足凝视眼前

你也可以用心聆听遥远

不需要更多的旁白注解

不需要思考使用何种语言

只需要你宽阔温暖的情怀

只需要你清澈无比的双眼

十月的辉煌

蔚蓝的十月

人们的喜悦在飞翔

华表气势轩昂

鲜花在怒放、在歌唱

纪念碑巍峨耸立

庄严诉说民族的刚强

仰望天安门

旗帜猎猎飘扬

环视广场

人海在激情荡漾

三月的芬芳
——三八节给伟大女性

春风热切地送来

三月的芬芳

你青春美丽

如新鲜妩媚的玫瑰绽放

你中年优雅

若牡丹盛开时的秀美端庄

你老年慈祥

如梨花般白洁

茉莉花般馥郁芬芳

燕子喜归鸣唱

三月的欢欣

你是女儿

你是父母永远的甜心

你是妻子

你是丈夫的浓情爱神

你是母亲

你是家庭凝聚和幸福的灵魂

白云把心曲传去

三月的礼赞

你们是荣光焕发的女排

有你们，祖国让人仰看

你是科技精英

你从容登上诺贝尔奖坛

你是现代的花木兰

你的"战马"是宇宙飞船

你是普通的女子

你是一颗微小星辰在眨闪

但是有亿万个你

浩瀚的星空才如此辉煌灿烂

梦幻天山南北

——新疆八月的璀璨

终于触摸到梦中熟谙的天山

巍峨峻岭中岩石色彩斑斓

那洁白神圣的雪顶

引领起伏奔放的山峦

峡谷中雷霆般轰响

天山水飞瀑流泉

涌下山谷

流过草原

浸润着戈壁绿洲

滋养着维吾尔人温馨的田园

火焰山传说神奇迷人

吐鲁番葡萄果汁醇美甘甜

你渴望到达伊犁

匆匆经过了唐布拉草原

流水唱着欢歌

沿岸是碧绿的群山

落日的余晖灿烂

把河流染成金色的绸缎

景色美不胜收

拍照的手指不停地下按

暮色遮掩了群山

篝火映红了人们的笑脸

乐曲跳跃欢快

哈萨克姑娘的舞裙飞旋

赛马场欢声鼓舞

骑手们激扬神采纵马飞翩

马如飞、人似箭流星疾驰

你来到世所罕见的高山河谷草原

毡房中你兴奋得难以入睡

晨光已唤你目睹那拉提美丽的容颜

翠绿的丘陵交错

彩色山峦在阳光下油画般显现

远处是汩汩流淌的河水

眼前是空阔肥美的草原

这一切美得让人心灵震撼

身边掠过哈萨克牧马少年

远处传来嘹亮歌声

隐约间篮光映入眼帘

顿时感觉心境豁然开朗

你仿佛来到海边

天蓝、湖蓝

一望无际、水天相连

赛里木湖像童话中的公主

那样的静谧、那样的悠闲

翠绿的草场覆盖着山峦

蒙古族毡房像白云朵朵散落在湖岸

骑着马走上山坡

你的身心已融进了清新的自然

融入远山的叠翠

融入闪光的湖蓝……

2002 年 8 月

自
由
诗

听！山那边吹来的风

听，山那边吹来

清爽的风

夹着

雪融的气息

溪涧快舞的节奏

泉瀑突涌的欢声

听，山那边吹来

欢快的风

传来

百灵鸟的歌咏

黄鹂鸟的吟鸣

声声赞美万物的新生

听，山那边吹来

浩荡的风

回旋着

森林和山岭

会演的壮阔和声

一定是动员了所有精灵

听！山那边吹来

奔放的风

呼啸着

原野和江河的沸腾

春姑娘摆舞新裙

歌唱着幸福和爱情

城市的天空

城市的天空

又呈现蓝天白云

此时你引领交响

楼厦耸立，壮列宏琴……

城市的天空

再不能任尘暴和雾霾横行

尘暴中街衢失去繁华

雾霾里楼厦变成怪兽狰狞

哦！城市的天空

竟然是城市的活力与灵魂

你们、他们、我们

快踏入战霾的行列和行程

拥抱你，美丽的雪仙子！

浓云漫漫，

呼啸北风寒，

暗宇忽焕亮彩，

刹那乐起霄汉，

雪仙子来也——

素袖飞花舞长天！

一扬飘天地，

再洒遍江山，

满目是晶莹润洁，

空气都变得清爽甘甜。

妆万里玉树银花，

扮出个琼枝澄朗仙园，

铺一个绒白世界，

画一幅玉瑞人间。

雪衬得青松更翠，

雪映得红梅愈鲜！

美了山川原野，

润了林海田园。

唤醒了人们踏雪迎旭，

鼓舞了人们眺望春天！

音乐·聆听·随想

静心听一首怀旧旋律

你仿佛找回了逝去的时光

沉浸于一支舒缓的夜曲

似月光下清泉流过身旁

随着快板轻捷的舞曲

感觉全身的细胞都在跃动欢唱

哦！音乐是魅力无穷的精灵

她们带你去光幻霞彩的仙乡

音乐是美丽的情感天使

带你去找回失去的青春和力量……

号令——迎战暴风雪！

江南人情牵远境

常常梦雪朦胧

来了！终于来了

却是暴风骤雪

漫长的冻雨寒冰

谁将玉龙三百万

齐齐调集江南

倾冰倾雪倾冻雨

凝出个冰冷的寒冬

夺去了往日温馨

阻隔了来往交通

多少人春节盼归心切

多少人回乡路阻途中

暴风雪压垮了电缆

多少城乡困难重重

白日雪茫茫一片

暗夜里烛光微红

南方罕见的灾害——

多省告急让世人心惊！

天地虽有不测

人间愈见真情

关注——

中央连线暴风雪

号令——

迎战暴风雪！

神州人意志如钢

大中华气贯长虹！

隆冬之际

激情涌动亿万人心中

火样的真情

把雪困的"孤岛"连通

子弟兵行军锅熬出暖汤

寒风中滞留人情哽泪涌

百多架运输机严阵待命

救灾品在地面和空中急送

乡亲们来路边送水送食

商家也慷慨解囊匆匆

不论是富人、穷人

都加入捐款捐物的大军

有关注社会的企业

也有刚经历过股灾的股民

他们都想把心头的火种

汇入那爱的暖流之中！

迎战暴风雪，

频现可歌可泣的英雄

是那些勇敢的电工

修复设备，召唤光明

他们攀上寒冰覆盖的输电铁塔

他们是暴风雪中的雄鹰

人们将永远怀念

那些为了他人得到光明

付出自己生命的伟大灵魂！

一个个县乡恢复水电

一座座城市再见光明

一批批物资到达灾区

一条条道路陆续疏通

迎战暴风雪

中国又谱写豪情

虽然冰雪还在阻断道路

但永远隔不断人心沟通

冻雨可寒凝山岭

真情将心冰消融

坚持战斗！

春天在接应我们

凛冽寒风的呼啸行将减弱

狂舞飞腾的雪龙终会趋宁

我们有坚定的信念

我们有必胜的信心

冰雪挡不住春的脚步

严寒驱不散亿万人——

火一样的豪情！

2008 年 2 月

难忘的呼伦贝尔草原

呼伦贝尔

你曾是我心中的梦幻

来到这一望无际的草原

感叹你的辽阔、你的悠远

呼伦贝尔

赞美你的歌声早已在心间

八月的你，鲜花缀满碧野

风儿在吟诵你的美丽和浪漫

呼伦贝尔

你漫漫的羊群像飘动的云团

姑娘和小伙们唱出天籁歌声

飞驰的马群像涌潮排浪翻卷

呼伦贝尔

草原人如此豪爽热烈

海拉尔啤酒节人声鼎沸

边疆农家捧出俄式大餐

呼伦贝尔

八月的你是盛妆美艳的天仙

额尔古纳河是你捧起的银色哈达

草原、河岸是你拉开的绝美风光画卷

2005 年 8 月海拉尔

额尔古纳界河

呼伦贝尔草原美若天仙

额尔古纳河是她的银色项链

这是我们美丽的北疆

这条界河曲折蜿蜒

风儿吹动艇上的旗帜

河道上空水鸟在嬉戏飞翩

望一眼河的两岸

一幅幅美丽油画呈现在眼前

碧绿与橙黄绘染山峦村舍

人们向异国的朋友互送笑颜

原野那样宁静

那袅袅炊烟让人遐思遥远……

注：额尔古纳河，位于内蒙古自治区呼伦贝尔地区，为中俄界河。

2005 年 8 月呼伦贝尔

自由诗

时空·幻化

——雕塑园随想之一

这里是真实又迷幻的世界

这里是离奇又亲切的域境

这里让人们陷入思索

这里让人们涌动激情

铜雕的双娃质朴憨厚

乡土情调与气息浓浓

粗犷的庄稼汉敞露胸膛

闲憩的老人脸上堆满笑容

贝多芬在构思乐章

顾拜旦在凝视远方

耳畔回荡历史的声音

人们在领悟中虔敬端详

热烈·奔腾
——雕塑园随想之二

摇滚歌手狂野地弹着吉他
音乐家的奏鸣回荡在天空
机器人欢乐地协奏、合唱
他们的神情让人顿生共鸣

鱼在飞翔、鹰在飞翔
生动和欢快辉映着阳光
奔腾的马群驰骋在原野
这一切都令人鼓舞向上

当我们凝视花坛的彩塑
忽然领悟那众手的造型
那不正是在殷切地激励
让人们都用双手去创造和攀登

青春·柔美
——雕塑园随想之三

补天后女娲翘望苍穹

凤凰涅槃浴火重生

仙鹤起舞气质凌云高雅

美丽春神吹笛声蕴柔情

微风中女子展卷优雅阅读

阳光下姑娘竞走绽放青春

婀娜秀美蕴涵东方气韵

秧歌扭摆尽显喜庆温馨

螳螂起舞身姿绰约

猫头鹰护雏目光炯炯

蓝天下金菊灿灿

丹顶鹤衔来火红的灯笼

迎接新岁的朝阳

新岁的朝阳，

已在天边升起曙光，

金鸡唱响、百鸟鸣啭，

我们的心田已感触早来的春光。

推开窗、张开双臂，

让温暖和光明注满我们的心房……

不必惆怅岁月的匆匆，

不必叹息逝去的时光。

放开你豁达的心胸，

放送你欣喜的目光，

新岁的阳光将使我们的心灵焕发青春，

让我们重新获得力量！

九重霄汉金光摇曳，

万顷波涛红日冉冉向上。

云霞幻化龙飞凤舞，

海浪欢歌天水震荡，

亲爱的朋友，

让我们一起迎接新岁的朝阳！

永远的幸福回想

——献给八十一岁喜寿恩师

让燕子送去祝福

让白云带去吉祥

让风儿带去歌声

让一切美好汇聚在您的心上

六一是您美好的生日

天下孩童与您同欢共唱

我们穿越时空

飞回刻忆的少年时光

回到校园、课堂

我们簇拥在你温暖的身旁

听你甜美的教诲

听你的笑声朗朗

你是美丽的仙女

播撒着雨露和阳光

校园是永远不竭的源泉

你的笑脸是我们心中的太阳

不论过了多少岁月

不论我们走到何方

你永远的激励

让我们灿烂芬芳

你的师恩大爱

是我们永远的回想……

参天大树的遐思

冬天并不寒冷

只要你挺起胸膛

岁月并不短暂

只要你放远目光

你是不是垂垂老树

并不在于年轮增长

深深地扎根于沃土

你的茎干会长得粗壮

拥抱风雨雷电

你会感受快乐与坚强

春夏秋冬都有美妙节奏

你四季与天地交响

你喜迎朝日

笑送夕阳

你用朗朗的磁性弘音

讲述着岁月的沧桑

参天大树的青春

是那样的长久

参天大树的生命

是那样的豪壮!

2002 年 12 月

走进秋色

走进秋色

放飞心情

让秋风带领

游他个海阔天空

走进秋色

与红叶亲近

让自己的喜悦

把秋山的醉意添浓

走进秋色

掬一捧清泉畅饮

让秋水融化自己

随山涧跌宕欢腾

走进秋色

登上那峰顶云亭

放声向群山呼唤

大自然中自己是孩童

自由诗

秋日的陶醉

既不像春那样娇柔艳美

也不想夏那样热烈单纯

秋是成熟厚重的

秋是色彩斑斓的

秋的天空有着变幻莫测的云

秋的山野交织出多层次的浓绿和苍翠

我想——

秋浓郁的景象最好用油画来表现

我想——

秋的蕴涵与力度最好用版画来表达

我想——

秋的天籁之声最好用交响乐来模拟

时而雨潇潇

时而风飒飒

时而鸽哨

时而蝉鸣

时而洪涛震撼

时而月夜萧吟

我想……

我漫步在秋日微黄的草地

我陶醉在秋日红叶山岭

阳光穿过高大笔直的水杉林木

洒在人们快乐的脸上

一树树海棠红果在阳光里尽显欢畅

献给我的青年朋友

有人曾形象地把你们比作朝阳

我更热切地把你们比作春天

在春天万物勃发

在春天生机盎然

在春天你们把火热的激情

写进了动人的美好笑颜

你们是春天最美丽的画卷

你们是春天最美妙的诗篇

你们像融雪化作奔涌的清泉

欢快地流淌过山野，浸润着草原

你们像矫健的海燕

快乐地歌唱，翻飞翩舞在蓝天

也许你纵情歌唱而没有豪言

也许他深沉探索却显得内敛

但你们都充满自信

你们的心田总是阳光灿烂

前行中有着快捷的动感

生活中有着活泼与浪漫

即便你当下还无足轻重

即便你明知脚下还路程遥远

我的朋友——

你们会让世界变得更美妙多彩

我的朋友——

你们舞动乾坤让时代向前

你们是世间不竭的充沛活力

你们是我热爱的美丽春天

伯克利的钟声

夕阳的余晖

照耀着小城

阳光穿过碧树

穿过云层和风

跃上伯克利的山坡

越过校园的草坪

阳光亲吻拥抱萨瑟高塔

等待塔楼奏响钟声

叮咚、叮叮咚——

这激情的时刻

塔楼响起——

天籁之声

人们驻足屏息

目光愉悦而虔诚

他们用心灵

收藏着每一个音符

让想象跟随乐神

自由地飘飞、驰骋

伯克利的上空

回荡着洞穿时空的乐声

纯净、悠远、恢宏……

晚霞为钟声伴舞

人们沉醉在幸福之中

注：萨瑟塔，美国加州大学伯克利分校的标志性建筑。

2009 年 4 月

自由诗

岁末的灯窗
——赏长安街金融大厦夜景随想

长街华灯耀眼

一座银城辉煌灿烂

仰望玲珑剔透的窗里

千万盏灯儿亮光闪闪

岁末没有休闲

灯火没有阑珊

有多少精英翘楚

正在挑灯夜战

有多少欣喜的目光在扫描

梳理今岁的风华

有多少激情的指尖在敲键

谱写明朝的新篇

哦，这是多么熟悉的场景

我也曾融入这灯光灿灿

银城夜景让人梦思幻忆

灯窗人影让人情脉牵连

长街如一条宽阔的星河

银城宛若壮行的航船

流光溢彩

把京城装点得更加璀璨

我驻足凝望

我幻入其间

恍然间银城化作宏伟巨琴

光影中闪现有万手联弹

寰宇间回荡波澜壮阔的乐声

云腾处有无数凤舞鹤翩

向着神州美丽的夜空

向着世界灿烂的明天

2014 年 12 月 31 日夜北京

新春的朝阳

你把金光灿烂的新衫

披给英姿勃勃的松柏，

你让他们更碧绿，

你让他们更威武雄壮。

他们是你的骄子，

他们在寒冬倔强地将你守望。

你把热能深送地下，

温暖那生生不息的树木须根，

你让蕴蓄许久的萌芽迸发，

给予他们新生的力量，

是谁让春回大地？

是你那伟大的生命曙光！

你把温情倾注原野，

山清水秀、鱼跃鹰翔，

你把光波柔送大地，

树绿草长、鸟语花香，

大地变成美丽动人的油画，

焕发生命的万物陶醉于你的阳光。

老人们来到公园、村头，

喃喃细语中将温暖幸福共享。

儿童在丛林中奔跑

丛林因你的阳光而清新明亮。

姑娘们在阳光下跳舞，

她们在春天妩媚得像鲜花一样。

你把激情送至江河、大海，

鼓舞舰船起锚远航。

伴着欢舞的波浪，

男儿们放声歌唱。

新春是动感的季节，

新春的朝阳引领着人们的目光！

震撼人心的热烈奔放

——赏维也纳新年音乐会

随着新年钟声的提醒，

我的心又飞赴音乐殿堂。

飞去维也纳，

飞去那音乐的故乡，

期待着揭开悬念，

期待着更新颖的交响。

悬挂着玲珑剔透的宫灯，

金色大厅富丽堂皇，

火红的玫瑰艳丽芬芳，

迎接指挥家精彩登场！

指挥家年迈矍铄，

音乐却让他格外年轻——

年轻得让人难以置信，

他迈着轻快的脚步，

如风来到音乐殿堂。

又一个意外，

开场曲带来法兰西节奏：

——"拿破仑进行曲"！

乐曲展现自豪与凯旋，

节奏跃动每个人的心房。

"奥地利村燕圆舞曲"

轻松又欢畅……

歌颂劳动与爱情，

双簧管音调舒缓、悠扬，

耳畔燕鸣啾啾声清脆，

眼前美丽田园好风光……

乐曲把人们带到拉克森堡，

波尔卡在描绘着

古老的树木和静谧的湖水，

哥特式的尖顶城堡建筑，

向人们展现昔日的辉煌。

当"巴黎圆舞曲"响起时，

指挥家的个性极致张扬，

他的眼睛在歌唱，

他面部的表情是那样美好，

协调着铜笛和圆号的悠扬。

"奥菲斯四对舞"，

指挥家仿佛就是用舞蹈在指挥，

他的身体优美地晃动，

嘴唇碰出轻松的节奏声响，

他的眼神和笑意都在舞蹈，

他的手指似乎也在歌唱！

弦乐旋风般呼应，

管乐声明亮而激扬。

这一场伟大的音乐盛典，

表情格外关注中国，

不仅有"中国人加洛普"曲目

还有特别的视频——

展现中国青年钢琴家亮相!

浮雕中有美丽的爱神，

安琪儿张开可爱的翅膀，

金色大厅每一处

都在展现古典与辉煌。

"享受生活圆舞曲"

旋律更加曼妙，

美丽女郎们，

舞步轻盈、舒展、优美，

矫健的男士

舞出青春的张力和奔放!

听乐观舞让人有更多想象，

他们像是王子和公主，

又像是身边的朋友，

他们是展翅跃动的天鹅，

他们是飞天旋舞的凤凰。

指挥家有着丰富的表情，

他的眼神像一只春燕，

在音乐的河流中回旋，

用身心和灵感穿飞激荡，

时而优雅，

时而铿锵，

交响曲起伏跌宕……

"运动快速波尔卡"

让人们如痴如醉、荡气回肠。

伴着激昂强烈的快速节奏，

指挥、乐队和观众，

融汇成欢乐的海洋！

伴随经典圆舞曲的交响，

蓝色多瑙河舞起欢乐的波浪，

啊，金色大厅沸腾了，

掌声弄潮、鲜花涌浪，

啊，指挥家活力四射，

音乐的殿堂动感在冲浪，

我们将铭记这美妙的金色节日，

为那些丰富的表情！

为那震撼人心的热烈奔放！

半月湾听海

傍晚

小城暮色将近

穿行城郊的阳光

摸过山野的云雾

心情插上翅膀

驱车前往海岸

感慨着家乡的谚语：

"十里不同天"

相隔万里

同样应验

思忖着那温馨的名字

——加州半月湾

怀着几多向往

揣着一份悬念

去听海的交响

去看浪的表演

当你踏上陡峭的岸崖

嘿！——

此刻没有温柔和梦幻

只有海风雄浑的呼号

只有海浪激越的腾翻

黄昏为海天增抹神秘

流云中偶有霞光一闪

轰、轰——

惊心动魄的交响

回荡在弧形峭壁的海湾

洪涛漫向沙滩

波浪冲击着崖岸

这是海的摇滚

这是风的呐喊

十万面金鼓擂响

土万个雷霆奋战

前涛如百万头雪狮呼啸

后浪似千万条玉龙狂欢

天地为之喝彩

宇宙为之震撼

当你来到海滩

迎着浪

听着海

你不可能怡情悠闲

你会豪迈地放声呼唤

你不再迟疑呆滞

你仿佛也成为海鹰、海燕

你的心灵激情涌动——

你会由衷地赞美大自然

赞美大海的恢宏壮阔

赞美大海的雄奇浩瀚

2009 年 4 月

自由诗

五月的寄语

——给儿、媳和小宝贝

五月

风不再冷

扑面吹来

全都是暖意

全都是温馨

五月

雨不再凉

即使雷电骤雨

送来是淋漓酣畅

送来是热烈欢腾

五月

天格外蓝

蓝得那样悠远

蓝得那样宁静

蓝得那样明澄

五月

绿满北美

纽约城犹如梦境

绿得那样深邃、浓深

绿得那样蕴涵诗的韵氛

五月

在绿意融融中回想

三年前的婚礼典雅曼妙

飘逸的美丽婚纱

你们幸福的美丽笑容

五月

回想伊萨卡情缘相见

美丽的康奈尔见证初衷

溯源是炎黄血脉

一双博士志合情凝

五月

回想那些难忘的岁月

艺术宫的鸥舞燕鸣

大峡谷的撼人雄阔

夏威夷的碧海柔情

五月

回想那些万里情牵的日子

回想那些相互的支撑

那些向着目标的奋进

那些蕴含苦乐的骤雨急风

五月

婚喜三年后的今天

你们有更甜美的笑容

小宝贝的欢笑让五月更美

她的快乐让五月鼓舞欢欣

2012 年 5 月

夏日随想

没有炎炎暑热

怎知河岸风来的清凉

没有葱茏碧树的深邃衬托

怎显夏花的美丽芬芳

没有灿灿光抚、丝丝雨润

何来秋实秋华的饱满金黄

六一，给孩子们的祝福

让天空湛蓝晴朗

让溪泉清澈欢快流淌

让小鸟自由飞翔歌唱

让花儿尽情地摇摆开放

让夏夜里妈妈和孩子舒心

数着星星把儿歌轻唱

让爸爸带着孩子戏耍

捕捉萤火虫的闪亮

让小宝宝在摇篮里甜睡

进入温馨的梦乡

让孩子们尽情享受童年的快乐

享受成长的幸福与安康

新春给小孙女姐妹

虽然街头还少些绿色

虽然北美的风还有些轻寒

但是你们在我们的心中

已经是早来的春天

唐装的你是枝头的百灵

红裙的她是盛开的杜鹃

你们的笑脸是灿烂的朝霞

你们的目光是欢快的清泉

你用激情秀美的手指

奏响了春之曲的音键

她扬起小手召唤

让春风吹进我们的心田

啊！宝贝、宝贝

我们爱你们

爱你们所有的可爱

爱你们带来的美丽春天

自由诗

277

夏日，葡萄架下

阳光给你炽热的灵感

风儿给你抚爱与呢喃耳语

雷电给你激情的鼓舞

雨露给你深情的滋润

初夏时清纯、稚嫩的果粒

已变得浅紫淡褐、珠圆玉润

你的翠叶与藤蔓

织就一片凉荫

你的甜香果气

飘逸在院落园林

你让我回想往事

想起农家院的古老宁静

那一架葡萄温馨漫漫

那一壶清茶乡韵醇醇

你让我遐思遥远

想起吐鲁番的诗情画卷

葡萄沟的小伙儿打起了手鼓

维吾尔姑娘歌舞翩翩

啊，夏日的葡萄架下

美好的田园梦幻

你让老人和孩子变成童话的主角

你让恋人们更甜蜜温馨

啊，夏日的葡萄

你是大地甜蜜的使者

你是夏日——

快乐与恬静的精灵……

母爱的永恒
——母亲节随感

如果说生活是一条河流

母爱就是那不竭的源泉

你走遍天涯海角

总有一种莫名的温暖随在身边

你望着地平线、望着天边

你望着夕阳和袅袅炊烟

你想起了美丽的家园

你想起了母亲慈爱的笑脸

你忽然情涌心间，

泪水模糊了双眼

是母爱的牵挂拨动你的心弦

这种牵挂是那样的绵长

这种深沉的爱延续到永远、永远……

七夕随笔

今天，你听到

美丽的故事在流传

今天，你看到

姑娘们时而望向云端

笃信真爱的你为之欣然

崇敬伟大自然的你心海泛起波澜

也许你在小屋安静地写诗

也许你为朋友寄去纯真的祝愿

也许你正站立在黄山之巅

也许你正徜徉在红海之岸

哦，你听到人们在说

你也读到我的诗笺

七夕

一股爱的暖流激荡在人间……

淡淡的晨风吹来

淡淡的晨风吹来

我感到那温馨的气息

春天里阳光灿灿

山坡上桃花艳艳

我看到那亲切的目光

我看到那慈爱的容颜

山下

河边

树荫

窗前……

家乡旧院

老屋桌边

你们都近在咫尺

你们都絮语在我耳边

你们拥抱了我

我感受了那胸怀的温暖

我倾诉心中的内疚

我倾诉心中的思念

而你们总是用微笑作答

用手抚摸我泪湿的脸

我忽然醒来

哦——

这又是一次梦境

但我欣喜这梦中的相见

反复思忆那一幕幕甜美的瞬间

我沉浸在温暖和光明之中

我恍惚望到云外仙山

我捧起窗台的相框

久久看着父母的照片……

阿卡迪亚秋色融融

——赏家人游记图文共神游

灯塔在召唤——

阿卡迪亚已秋色融融

白云乘着海风

潮汐带来涛声

会聚这金秋的盛典

每一位使者都身心俱融

山峦铺开奇幻的画幅

森林奏出天籁轻鸣

金色的阳光播撒

桦树林橙黄晶莹

枫叶如赤焰升腾

处处闪烁七彩的精灵

置身寂静的湖岸

沉浸在痴醉、忘却之中......

注：阿卡迪亚国家公园位于美国缅因州海岸线的一个岛上。

美丽与期冀

感谢浩荡的春风，

你把阴霾扫荡，

你让蓝天如此明澈，

你让大地拥抱阳光。

感谢淅沥的春雨，

你把街衢洗得如此明亮，

你让树叶宛若碧玉，

你让鲜花露出妩媚动人的脸庞。

感谢热爱、呵护大自然的人们，

你们用质朴的行动贡献力量。

多么期冀——

让这瞬间的美丽变得久长！

期冀更多的人感恩大自然

感恩她母亲般的给予和滋养。

让我们用真心呵护蓝天白云，

用行动呵护城镇村巷、河流山冈，

让人们、让孩子们——

让孩子的孩子们，

能抬望更多湛蓝的天空——

享受更多清新的空气、灿烂的阳光！

美好的故事

有一个老外可爱有趣，
白头发白皮肤高高个子。
他是那样热爱中国，
他是那样 love 他的中国妻子。

他住在北方的一个城市，
身躯伟岸的他有一个怪癖，
他出门在外总爱捡拾垃圾，
这让他的妻子大丢面子。

有时为捡干净垃圾，
他跟着丢果皮的女士亦步亦趋，
很多人投来的目光满含诧异，
——这个老外整什么幺蛾子？

他日复一日年复一年地捡拾，
终于感动了他的妻子，
他的话让人热泪涌出——
我不想让人们弄脏中国的美丽。

他是一名博士，

他是一位温文尔雅的教师，

他却以这平凡的举动，

实践着他对中华文化的崇敬与支持。

捡垃圾手和衣弄得很脏，

却让人们领略了一个高尚的心灵，

他感动了许多青年男女，

环保志士的队伍踏上征程。

这个故事非常简单，

这个故事却发人深思，

一个老外那样热爱我们的祖国，

那我们究竟该是什么样子？！

艺术之殿堂
——观赏国际美术双年展

四海飞来画卷

双年展满目琳琅

你忘记了城市的喧嚣

你进入了迷离彩幻的殿堂

一幅幅画是一扇扇神窗

让你伫立端详凝情而望

望见烟雨朦胧的江南

望见塞北辽阔边疆

望见异国原野的鲜花

望见古老典雅的教堂

画中逼真的人物来到你身旁

开阔深邃的画面让你思绪飞翔……

观随父雪上飞宝宝视频
——宝宝在想

有你大心脏的老爸

俺三岁就雪上飞翔

成就了老爸你的炫技

也让俺早知了勇敢坚强

虽然俺飞得晕头转向

可宝宝们谁不羡慕俺的酷棒

最喜欢那精彩的摄像

让俺以后能美滋滋儿地回放

因为俺才三岁

俺可记不住老爸你得意的模样

你的活力

人生并非只有一个短短的花季

也并非只有年轻才能帅气

如果你常常踏上征程

吸纳着千山万水的豪情

如果你耕耘着春夏秋冬

汲取着万物的风华灵气

如果你常常与人们热情地交流

浸润着生命活力和情趣

你心田里一定鲜花盛放

你目光中一定有欢快的泉溪……

令人情动的会面
——赞同学夫妇新春远程看望八旬老师

他们是穿越暴风的燕子

他们能瞬间飞至天边

他们觉得地球很小

他们把热情洒向地北天南

他们又是背负着感恩的鸿雁

他们又是带着情意的百灵

他们又一次让人们惊喜

他们赴天府国中报春

老师是那样的慈爱和欣喜

像是见到归来的亲人

老师的家中是那样的明亮

老师的笑容是那样的温馨

在这东风欢舞的新春

他们和老师热烈相拥

这是多么美好的时刻

这会见让我们热切地雀跃欢鸣……

春之杏园心曲

温暖、光幻之中

迷离、明媚之中

你闻着

杏花醉人的香馨

你望着

杏神舞动的霞云

这让你心萌动

这让你流连杏林

你踏出舒缓的旋律

你聆听花枝摇曳的轻音……

你那深邃、亲切的目光

——教师节给敬爱的老师

当我们还是懵懂少年

你那睿智、亲切的目光

引领我们的心泉

向着美丽的前方欢快地流淌

当我们离别母校的时候

你那深情的目光

闪烁着母爱般的阳光

那目光送我们奔向远方

当我们穿越半个世纪

又环聚在你的身旁

你的目光依旧闪亮

岁月只让您增添了慈祥

教师节来临的前夜

我脑海又浮现你温柔的目光

你始终没有匆匆变老

你还要带我们唱着诗再向远方……

瞻卡斯蒂略金字塔

羽蛇神是那样的神奇

刹那间驱散了乌云

当我们来到奇琴伊察

已是令人振奋的蓝天白云

卡斯蒂略金字塔巍然傲立

向世界昭示神圣与光明

哦！那是伟大的历史丰碑

那是一座充满力量的坚城

她闪烁着人类的智慧与坚定

她闪烁着世人赞叹的玛雅文明

心底的春光

你也许一定要等到冰雪融化

你也许一定要等到燕子飞来

那时节你才会说

这才是冬去春来

你也许一定要等到风儿暖暖

你也许一定要等到花满楼台

那时节你才认为

这才是春暖花开

腊月里水仙竞放

三九天红梅盛开

这已是美妙新春的序曲

这正是世间捷足先登的精彩

迎春的对联烘暖寒风

喜庆的窗花让人欢乐开怀

人脸上春风荡漾

看长空紫气东来！

自由诗

回望四季的神窗

——喜赏友人妙拍四季美照

你轻盈地携来神窗

让我们回望四季的琳琅

凝神端详

我仿佛来到奇异岛上

花似天鹅雪洁之羽

一点红鲜是孕育中的春光

时空穿越

牡丹已在抒写国色天香

夏荷如此清丽

她在宁静中遐想

金风忽动

菊仙子舒袖曼舞

情韵依依丝瓣悠扬

秋果殷硕

那是对耕耘的奖赏

冬来了

雪的晶莹让翠竹隐现蓝光

哦！闻到了花香

看到了春光

春风浩荡颂唱着梅花的芬芳……

春雪，春雪

当你从厚积的云中降落

尘暴不再喧嚣升腾

当你拉开玉绒的天幕

阔宇间顿然清净安宁

当你深情的飞花亲吻大地

干涸的裂痕化作爱的柔唇

当你用洁白素妆城镇

灰暗的街衢变得敞亮晶莹

当你用童话的气氛笼罩院落

人们的眼帘浮现可爱的精灵

当你彻夜浸润着原野

麦根在吸吮、在焕发新生

你紧紧拥抱翠竹

绿叶更抖擞、锐意蒸蒸

当你融化为小溪

山林和花鸟开始了欢鸣

当你汇入了江河碧浪

你迎来了浩荡的春风

春雪、春雪

多少人梦中把你憧憬

赞阳光米易之旅

——给敬爱的老师一家人

攀西高原的春风

热切地拥抱你们

迎接神奇的"八零后"

迎接你们可爱的家人

米易的温暖阳光

洒向这些幸福的游人

盘旋了百多个弯道

车旁飞来吉祥的白云

万亩梯田让你们放飞情怀

花园城让你们雀跃欢欣

你们带回了欣喜和振奋

你们也把阳光洒向了校园之群……

散文诗

林间落叶

  阳光照耀下的山野和森林变得格外开阔明亮，白杨树虽然叶子已黄绿交错，但仍然显得很有生气。

  树叶在阳光下晶莹透亮，那些纷纷扬扬的落叶像一群群舞蹈着的小精灵，有节奏地闪烁着光亮，欢快地翻飞，她们快乐地投向大地母亲的怀抱。在地上，叶片们会聚了，她们亲密地相拥在一起。晚间早先落下的叶子叶面上敷上了一层薄霜，显得更加柔雅美丽。落叶的颜色有深有浅，已经层层覆盖，给林间的地面铺上了一层天然的地毯。当我经过这片松软的叶毯时，听着那醉人的沙沙声，我似乎是听到了她们在向访问寂静山林的我问好！我更听到了她们的歌声、笑语……

  这些可爱的叶子为什么歌唱？面对枯萎和消失，难道她们不感到忧伤？

  哦，我忽然为自己的想法感到愧疚，那些林叶的快乐，是因为她们正开启生命的新的行程，她们将接受雨雪风霜的洗礼，她们将融入地层和土壤，她们将营养大树的须根，她们将在未来获得新生，化作再生的嫩芽和新枝翠叶，在春天绽现崭新生命的光芒……

紫薇花开了

当月季花觉得格外寂寥无伴，当木槿树的花蕾还很嫩小，园中似乎在等待、在期盼……

园中绿军壮汉们在风中躁动，威武的雪松、挺拔的玉兰树、披头士般的龙爪槐，都在渴望着紫薇公主的登场……

哦，在一夜沙沙小雨过后，紫薇公主们醒来了，莹滑光洁的树干是她们美妙、婀娜的身姿；对生的卵形碧叶蕴藏着她们饱满的精神；一蓬蓬、一簇簇淡紫、浅粉的纤细柔花，是她们的妩媚娇容。阳光下，她们闪烁着娇羞与情热，在晨风中，散发着青春、纯净、沁人心脾的淡淡柔香……

哦，夏日的小园顿时变得更加美丽……